ヒロシマ対話随想

関千枝子
中山士朗

西田書店

まえがき

私たち（中山士朗・関千枝子）は、二〇一六年から二〇一七年にかけ、『ヒロシマ往復書簡』として全三巻を刊行しました。その最終第Ⅲ集の「あとがき」で「私たちの往復書簡は、この九月（二〇一六年九月）をもってひとまず第Ⅲ集としてまとめ、一区切りすることにしました。けれども、関さんにしても、また私にとっても、忘れ残りがあります。残された時間はわずかではありますが、終わらざる時の証として書き継いでいかなければと思っています。」（中山）と記しました。

その記述どおり、本書の母体となった知の木々舎（立川市）のブログ「核なき世界をめざして」における交信は続けられ、内容は以前にもまして怒りあふれるものとなってきました。それは、ようやく国連における核兵器禁止条約が採択されたにもかかわらず、我が国はこれに反対の立場をとるという無様な事態をさらしたこと、増大する軍事費による戦争への不安、原爆関係資料保全の危惧、さらに被爆者の高齢化への不安などのよるものです。

そうした状況にあって、二〇一七年には中山さんが大腸がんになるという事態が生じました。中山さんは熟慮の結果、手術も抗がん剤も遠ざけ、病状と対峙して自然に生きる道を選ばれました。そして不思議にも、癌の進行は緩慢となり、暮らしもふだんの生活にもどって執筆に専心できるようになりました。

第Ⅲ集刊行後もブログの読者からは続刊を望む声も届きましたが、全三巻の刊行に際して多少用意した資金もつきたことに加え、出版不況はさらに加速し、続刊への見とおしは失いかけておりました。しかし、ここに刊行の道が開けたのは僥倖この上もありません。

ヒバクシャの「物書き」として、死ぬまで原爆の惨禍を書き続けなければならないという思いがあります。それが活字になることは何よりうれしいことです。「年寄りの繰り言」になっているかもしれませんが、ヒバクシャの叫びと思いを読み取っていただければ幸いです。この本が原爆で無残な死に追いやられた人々の、そして被爆とその後遺症（体だけでなく心の）に悩んだ多くの人々に対する責務と信じております。

なお知の木々舎のブログは、同舎のご厚意でまだ続いております。そちらの方も読んで頂ければ、と思います。

二〇一九年三月

関千枝子

ヒロシマ対話随想〔2016–2018〕目次

「安倍靖国参拝違憲訴訟」をめぐって

二〇一六年一〇月

●関千枝子から中山士朗さまへ

今夏の広島で「やるべきことはやった」など大きなことを言ったのですが、少し冷静に考えてみますと、自分なりに「やった」けれど、それでいいのか、「何も変わっていない」（好転していない）との思いでいっぱいです。

なにしろ、ヒバクシャの最大の願い「核なき世界」だって、めどさえ見えず、オバマさんの夢だけでは困るのですから。まだまだ書くべきことが山ほどある、と思います。

実は、広島から帰って、九月初めからひどい風邪にかかってしまい、これがなかなか治らず、閉口いたしました。風邪だな、と思ったのは三日の土曜日の晩で、次の日は日曜日です。病院は休み。救急医療を利用するほどのことでないし、と思いながら、五日の月曜日は、例の「安倍靖国参拝違憲訴訟」の原告尋問の日です。この日八人の原告が代理人（弁護士）の質問に答えるのですが、私はこのトップバッターで九時半には東京地裁に行かなければならず、かかりつけのクリニックに行っている暇はありません。この「原告尋問」、裁判所はこんな手間のかかることをしたくないと言わんばかりに始めはそっけなく、弁護士たちの二年間の努力で勝ち取った原告尋問です。文字通りこれが裁判の山になります。尋問の順番を変えてもらうことも不可能ですし、気分の悪いまま、東京地裁に駆け付けました。日曜日は声も出ず、心配したのですが、この日は声は出たので、ちょっと安心です。

私の話すことは、私があの八月六日、建物疎開作業を欠席したため、命を取り留め、作業をしていたクラスメートは全滅したということです。最近の裁判所は新しい機材も整備していて、ボードに全滅したクラスの写真を映し出し、弁護士が質問します。声だけの一問一答よりわかりやすいわけです。

原爆が一日前であっても一日後であっても間違いなく私は死んでいたこと、建物疎開作業に従事し、死んだ少年少女たちが靖国神社に「英霊」として合祀されており、私がそのことにこだわり続けてきたことを言いました。私のクラスは昭和六年（満州事変）、七年の生まれで、平和の日を一日も知らずに育ち、皆、模範的「少国民」でした。しかし彼女らが、もし生きていたら、「やはり平和がいい、平和の裡に人生を送りたかった」と思っているに違いない。靖国神社の中で「ここは私のいる場所でない、私は戦の神さまになりたくない」と思っているに違いないと言いました。そして、戦後「日本国憲法」の草案が発表された時、教師が説明してくれたのですが、黒板に大きく書かれた「戦争抛《ほう》棄」の字を見て、「友が生きていたら、どんなに喜んだろうに」と悔しく思ったことを話しました。この憲法の話、ポピュリズムかもしれませんが、皆、とても共感してくれるのです。

弁護士の「尋問」の後、相手側弁護士の「あなたは靖国神社参拝を認めないのか」といった質問も入ります。私は「靖国神社も一宗教。個人が信仰するのは自由。しかし、靖国が戦前と同じ考えで一人の例外も許さず、靖国の神にしてしまい、合祀は嫌だという人も絶対〝辞退〟を認めないのはおかしい。個人の信仰は自由だが、首相の公式参拝は絶対にいけない。これは完全な憲法違反である（二〇条、政教分離）」ことを、しっかり申しました。

そのあと、ほかの方々の「尋問」も本当に素晴らしかったのですが、午後に入るとふらふらになり、大事な「尋問」の最中に意識が遠くなるような感じに驚いてしまいました。四時半終了、弁護士会館で報告会。これも原告筆頭ということになっていますので、最後の挨拶をしなければなりません。

この日の帰り、地下鉄は逆方向に乗り間違えてしまうし、駅の下りエスカレーターに乗ろうとすると足が震えてどうにもならない、やっと家に帰りついて、翌朝熱を測ってみたら三八度。驚きました。

私、風邪をひくことはあっても、熱を出したことはこの二〇年ほどなかったのです。丈夫さが自慢だったのにと、慌ててクリニックに行きました。「トシだし」肺炎になったら大変だから、入院したほうがいいなんて言われ、尋問の二回目もあるし、困るなと思ったのですが、とにかく点滴をしてもらい、一日様子を見ることになりました。熱はすぐ下がり、入院は勘弁してもらったのですが、咳やタンはなかなか治まらず、それが治まってからも食欲がなく、もう一つやる気がないというか、回復まで三週間近くかかってしまいました。こんなことははじめてです。つくづく年齢を感じました。そんなことで仕事は大幅に遅れてしまいました。

その間、広島関係のことも、思わぬ縁がつながったり、お伝えすべきことはあるのですが、何から書いていいのやらと言ったありさまです。次回から一つ一つ、ほころびを繕いながら書いてゆきます。

つくづく思いましたのは、もう自分にはあまり時間がないという自覚です。急がなくてはならないという思いにもつながり、少し焦りもあります。でも、「あの日」死んでいたとすれば、七一年お釣りをもらって生きているのです。七一年という時の長さ、大事にし、言うべきことはちゃんと言っておかなければなりませんね。

なんだか自分の病気の報告だけでつまらない便りになってしまいました。

●中山士朗から関千枝子さまへ

お手紙拝見しながら、私自身の年齢からくる体力、気力の衰えを思い、残された時間の中でやるべきことは何なのかと考えています。そして、自然界の異常現象とも言える熊本・大分地震や、それに続く一〇月八日の阿蘇山の爆発的噴火に遭遇いたしますと、仏教の世界の「無常、無我」ではありませんが、万物が変転して常住できず、すべての存在は、仮の結合であって、主宰をもたないというはかない存在のように思えてならないのです。殊に原爆に逢着した身にとっては、心の片隅に、終生そうした思いが付きまとっていたように思えるのです。

けれども、関さんのお手紙を読む都度、自分の生命を生き尽くすような、その行動力には打たれます。

このたびの手紙の冒頭には、「今夏の広島で「やるべきことはやった」など大きなことを言ったのですが、少し冷静に考えてみますと、自分なりに「やった」けれど、それでいいのか、何も変わっていない（好転していない）との思いでいっぱいです。」と書かれていましたが、私はそのように思っていません。というのは、この十月三日の大分合同新聞に掲載されていました【シカゴ共同】発の、《シカゴで原爆展》という見出しの記事を読んでいたからです（記事の一部を引用します）。

米中西部シカゴの日本文化会館で一日（日本時間二日）「ヒロシマ・ナガサキ原爆展」が始まった。広島、長崎両市が主催し、動員学徒の遺品や写真を展示、原爆投下の悲惨さを伝え、核兵器廃絶を訴える。二九日まで。

シカゴは今年五月、被爆地・広島に歴史的訪問を果たしたオバマ米大統領の地元。広島市と長崎市はオバマ氏に原爆展を視察するよう求める連名の要望書を送付した。広島市によると、シカゴで原爆展が開かれるのは二〇〇七年～〇八年以来。

会場では、オバマ氏が広島を訪れた際に寄贈した折り鶴と、広島で被爆した白血病のために一二歳で亡くなった佐々木禎子さんの折り鶴が並べて展示されていることが報じられていました。そして最後に、広島原爆資料館の志賀賢治館長の「できるだけ多くの人に足を運んでもらえれば嬉しい」の言葉で結ばれていました。

この記事の中の、〈動員学徒の遺品や写真を展示〉の個所を読んだとき、関さんが、今年六月末広島に行かれた際、広島原爆資料館を訪ね、副館長兼学芸課長の加藤秀一さん、学芸課長補佐の宇田川寿子さん、学芸員の落葉裕信さんに会われて「建物疎開動員学徒のコーナー」の設備、展示の在り方について話し合われたことを思い出しました。これまで「動員学徒の遺品や写真」と展示されたことはなく、一般の資料と混合して展示されているために、動員学徒の悲劇が薄らいでいるという関さんの指摘によって、展示の目的が集約されたように感じられたのでした。

そして、「安倍靖国参拝違憲訴訟」の筆頭原告として関さんが法廷に立たれていることは承知していましたが、このたびの手紙によって、「原告尋問」の内容を初めて知りました。

その中で関さんが建物疎開で死んだ少年少女たちが、なぜ「英霊」として靖国神社に合祀されなければならないのか、また合祀の辞退を認めない制度について、信仰の自由、首相の「公式参拝」は憲法違反（二〇条政教分離）について発言されていることを初めて知りました。

たまたま、この手紙が届いた一〇月七日の朝日新聞に〈生前退位　揺れる対応〉―日本会議と神政連、見解示せず、という見出しの記事の中に、安倍内閣の閣僚と所属する国会議員懇談会の一覧表が出ておりました。実に驚くべきことに十九名の議員が「日本会議」、「神道政治連盟」の国会議員懇談会に名を連らねているのです。

こうした事実を知るにつけ、安倍内閣が「強い日本を取り戻す」と言い、閣僚をはじめ、議員の靖国参拝を例年行い、G7首脳による伊勢・志摩サミットが開催された道筋も理解できるというものです。さらに、憲法改正、自衛隊の海外派遣へと繋がります。議会で拍手をもって敬意を表され、送られた南スーダンPKO派遣隊員の死は国の命令の戦死者として靖国に合祀されるとでも言うのでしょうか。

首相の靖国神社への公式参拝が憲法違反である。この関さんの言葉から戦前のさまざまのことがよみがえって来るのでした。つまり戦争は、老人によって決められ、その犠牲になるのは、戦争で働ける年代の者とその家族です。

「日米同盟を強化し、ともに核なき世界をめざして活動するのみ」

この防衛相の自衛隊の役割を問われた時の言葉のうつろさは、オバマ米大統領が広島を訪問して演説した際に、安倍首相が応えた言葉と同じものでした。

今日は、関さんにこれからは決して無理をされず、ご自愛の上執筆活動に専念していただくようお願いするつもりでしたが、年がいもなく怒りの手紙になってしまいました。

2

「原爆の図」の旅

二〇一六年一一月

●関千枝子から中山士朗さまへ

今年もいろいろ世の中の動き激しく、大変な時に生きているな、と思います、このところ同年配の、つまり、戦争の悲惨を身にしみて知っている人々がたくさん亡くなったのもショックで、「昭和一桁世代もそろそろ終わりかな」など暗然とします。

そんな中で百歳まで頑張られた人々の死も報じられます。むのたけじさん、杉山千佐子さん。これらの方々に対してはただ、頭を下げるのみですが、中でも杉山千佐子さんは「すごい」というしかありませんでした。名古屋空襲で、片目と顔の半分くらいを失う重症を負いながら、「生きるために」働き続け、かたわら、空襲の被害者（傷害を受けた人）への保障を叫びつづけて半世紀。会を立ち上げ、戦争の被害に痛めつけられながら、声も出せない人々を励まして仲間にし、国会議員に働きかけて何度も「救済」の法案を作らせるのですが、戦争の被害は国民全部で耐え忍ぶべきだという「受忍論」の壁に、法案は通らず、全国を駆け回って訴える日々を過ごします。交通費を少しでも節約したいといつも深夜バス。深夜バスは相当体にこたえます。九〇歳を過ぎてもバスで駆け回る姿にはびっくりしました。

杉山さんの場合、一般的な傷害者としての福祉は受けているのですが、火傷をしてのケロイドが残っている場合、体が動かないとかの支障がないと何の補償も受けないのですね。ケロイドのため、仕事に就けなかった人もあると、杉山さんは憤慨していました。

私たち広島・長崎の被爆者は、十分とは言えませんが、一応被爆者としての補償があります。医療が無料なのはありがたいし、私などは割合早くから膝関節が悪くなったので、健康管理手当も受けております。空襲の被害者があまりにも「受忍」させられていることに、申し訳ないような気持ちになったものです。

百歳近くなって、杉山さんは車いすになり、耳も遠く、目もほとんど見えない状況になったのですが、それでも講演に（遠くまで）来られました。声にも張りがあってびっくりしました。「いうことは決まっているし、耳も悪くなると余計なことが耳に入らないからかえって良い」と、一方的にガンガンしゃべられるのですが、その迫力、会場の人静まり返って聞いていました。しかし、百歳を超えるまで頑張っても、思いが届かなかった杉山さん。どんなに悔しかったことか。

一〇月一五日、精力的に自主講座を行っている、竹内良男さんの「ヒロシマ連続講座」で丸木美術館の学芸員・岡村幸宣さんのお話を聞きました。「原爆の図」のアメリカ展示の報告と思っていったのですが、それだけではなく、「原爆の図」が描かれてから六十六年、「図」がたどってきた「旅」と言いますか、作品を描くだけでなく一人でも多くの人々に見てもらうこと、それも「闘い」であったのですね。大変内容の濃い話でした。

アメリカで「原爆の図」の展示は四度目だそうですが（最初は一九七〇年）、今回はニューヨーク、ボストン、ワシントンDCという大都市三カ所（DCで開くのは初めて）、延べ来館者一万一千人を超え、多くの人にインパクトを与えたようです。二〇一五年アメリカでのベスト展示会の二位に選ばれたそうです。オバマ前アメリカ大統領の来広のことだけでなく、「原爆の図」のアメリカ巡回のことが、もっと報道されていいのに、と思いました。

この展示のプロデューサー早川与志子さんは、元日本テレビの報道ディレクターで、アメリカ留学して英語も達者です。アメリ留学後、報道より展覧会の方に興味を持ち、日本テレビ事業部で仕事をした展覧会のプロです。かつての取材相手であり、何度か彼女のプロデュースによる展覧会のことを記事にしました。女性の問題でも大変気が合い、かけがえのない友人ですが、このところ少し疎遠になっていました。そこへ「原爆の図：アメリカ巡回展」です。これは、彼女でなければできない仕事です。素晴らしい仕事をやり遂げたと思います。

もう一つうれしかったのは、展示会の「客」の中に山本定男さんの姿を見たことです。彼は広島の合唱団の連盟の重鎮で、私の国泰寺高校三年のときの同級生です。彼がこの時期被爆者の代表として国連に行ったことは、新聞などで知っていましたが、映像で元気そうな姿を見て感激しました（わが同級生、亡くなった方が多く、病気で外出できない方も多いのです）。山本さんは、二中から来ました。二中は「あの日」の前日は一年生、二年生全員が県庁付近（平和大通り、今の資料館の近く）の疎開作業に出ていました。五日の午後、二中と我が二県女に妙な指令が出ました。一部は東練兵場に行き農作業をするようにというのです、二県女は一年生全部と二年生の半分が東練兵場に行き、私のクラスのみ雑魚場の建物疎開作業場に残り全滅しました。私は六日欠席し、生き残ったことはすでにご承知のとおりです。二中は二年生に東練兵場に行くよう命令されたそうです。疎開作業に残った一年生は全滅、二年生は多少のやけどを負いましたが助かりました。もちろんこれは偶然の結果ですが、二年生たちは複雑な思いを抱いています。ニューヨークで「原爆の図」の前に立った山本さんの思い、私はよくわかります。

岡村さんの話は、今回のアメリカ展示にとどまらず原爆の図の「旅」の話でした。

「広島壊滅」の報を聞き、故郷の広島に駆け付けた丸木夫妻は、その惨禍に驚き、怒りました。画家である自分たちは、これを絵にして残さなければならないと決意しました。絵の最初の第一部「幽霊」「火」「水」ができたのは一九五〇年ですが、まだ占領中です。展示をしようとしても占領軍を恐れ、「原爆の図」という題名ではと言われ、始めは「八月六日」と言う題にしたそうです。公民館、学校、寺、駅舎など、展示できるところでどこでも展示しました。百万人が見たと言います。

こんな中、アメリカで展示をしてやるという人が現れました。どういう人かわからない、もしものことがあったらと、夫妻は急いで模写版を作りました（作者自身が模写するのだから模写版というべきかどうかわかりませんが）。でもこうして、もう一つの「原爆の図」が出来上がりました。そのころになってアメリカでと言ってきた人物が、信頼できない人であることが分かり、夫妻はアメリカでの展示を断りました。思いがけず二つになった原爆の図、全国展示会は「倍」に増え、世界にも渡りました。

一応展示ブームが終わった一九六七年、夫妻は埼玉県東松山に美術館を作りました。一日に一人でもいい、ここに来れば絵がみられる、という思いだったのです。その後、支援者の手で七四年に美術館の栃木館ができ、「もう一つの原爆の図」はそこに展示されることになりました。栃木館はその後閉館になり、絵は広島の現代美術館に納められ、最近展示会が開かれ、岡村さんも見に行ったそうです。

私は驚きました。丸木美術館栃木館とは結構付き合いがあり、ある時期、夏のイベントのとき、欠かさず行っていたのです。栃木館のイベントは八月九日にあり、本館の、イベントは六日なので行けないが、それなら行けるね、と、私は喜びました。六日に広島に行き、八日に帰京すれば行けますから。栃木館のボランティアの皆さんもいい方ばかりでした。あの栃木館の絵が「もう一つの原爆の図」だったなんて。私は全く知らず、ただただびっくりしました。それにあの「もう一つ」の絵が広島現代美術館に行っていたなんて……。あのころ、現代美術館で「もう一つの原爆の図」が展示された話など聞いたことありません。それこそ常時、展示してもいいのに。おかしいですね。

終わって皆でお茶を飲んでひと時おしゃべりしたのですが、岡村さん、高校時代は野球少年だったことを知りちょっと驚きました。いろいろな資料館で学芸員の方を知っていますが、岡村さんは非常に優秀な学芸員だと思っています。野球少年とイメージが結ばなかったのですが、でもそれは私の偏見かも。テレビ報道マンの萩元晴彦さん（TBSを経てテレビマンユニオンに参画。中山さんと早稲田大学ロシア文学科の同期）も野球少年でしたね。岡村さんの都立立川高校はついに甲子園には出なかったけれど、萩元さんは甲子園投手ですものね。すみません、横道にそれました。

●中山士朗から関千枝子さまへ

このたび関さんから手紙が届いたのは、一〇月二四日でした。

手紙の冒頭には、「今年もいろいろ世の中動き激しく、とにかく大変な時に生きているな、と思います。このところ年配の、つまり、戦争の悲惨を身にしみて知っている人々がたくさん亡くなったのもショックで、「昭和一桁世代もそろそろ終わりかな」など暗然とします。」とあり、杉山千佐子さんの死について触れておられました。杉山さんは名古屋の空襲で〝片目〟〝顔の半分〟を失うという重傷を負われましたが、生きるために働き続け、一〇〇歳まで空襲の被害者の補償を国会に働きかけ、救済のための法案の実現に向けて生涯を捧げた人でした。けれども、国の戦争被害は国民全部で耐え忍ぶべきだという「受忍論」の壁（このことは、私たちの往復書簡の中でも取り上げたことがありました）に阻まれ、法案は通りませんでした。

このこともさることながら、その日の新聞に、平幹二朗さんの死去（享年八二）の報が報じられていて、改めて身近な世代の死を思わずにはいられませんでした。平幹二朗さんについては、「往復書簡」の中で、互いに何度か書かせてもらいましたが、私がもっとも印象に残っているのは、二〇一四年の広島原爆忌に放映された「徹子の部屋」における黒柳徹子さんとの対談でした。以前にも書いたことでしたが、その対談の中で、平さんは母親が爆心地から六〇〇メートルの地点で被爆し、終生、原爆症に悩みながらも、平さんを俳優に育てるために懸命に生きたことを語っていました。そして、最後に、この「一一月で八〇歳になり、残り少ない人生を考える時期になると、亡くなった友だちの死が思われるようになった。もっと生きたかったに違いない。その命を頂きながら、生かされているのだと思います」と結んでいました。

平さんは遅生まれで、六年生の時に縁故疎開したために被爆しないですみましたが、遊び仲間であった、中学一年生になったばかりの友達は、建物疎開作業に駆り出されて被爆死したのでした。

平さんの葬儀は二八日東京都港区の青山葬儀所で営まれましたが、俳優や舞台関係者、ファンら、約六〇〇人が訪れたと新聞に報じられていました。平さんと同じ、俳優座出身の栗原小巻さんは弔辞の中で「俳優は役の中に真実があるということを演じる姿で教えてくださいました。平さんの芸術への強い意志と純粋な精神は息子の平岳大さんに引き継がれます」と述べていました。

長男で喪主の俳優平岳大さんは挨拶のなかで、「最後の晩、平さんは孫を抱き、ミルクをあげて、大好きなワインをたくさん飲み、家に送り届けた私に「岳、もう帰りなさい、ふふっ」と笑った父。幸せだったと思います」と語った。これは朝日新聞の記事によるものですが、それを読んだとき、私は「帰りなさい」と言った平さんの言葉から、平さんにはその時が訪れたことが自ずとわかっていたのではないでしょうか。原爆症と闘いながら、息子を俳優に育て上げることに専念した母親の許へ、平さんは静かに帰って逝ったに違いない、と私は安堵感に似た思いにとらわれたのでした。

そして、関さんの手紙が届いた前日、つまり十月二三日のNHK・Eテレの「日曜美術館」の再放送を観ておりましたところ、たまたま丸木美術館の学芸員・岡村幸宣さんが、「丸木位里・俊の絵」について解説されている場面に出会ったからです。

その日の番組のテーマは、「戦後を代表する傑作三つ一堂に」ということで、〈丸木位里・俊、香月泰男、川田喜久治一九四五年の記憶を未来へ、黒と沈黙と苦闘の物語〉とありました。

平塚市美術館で開催されましたが、それぞれが絵と写真を通して、見る側に未来を忘れないための黒のメールを、過去の記憶を交錯させて記憶させるという構成になっていました。つまり沈黙の時間というのでしょうか、それとも黒の黙示録とでもいうのでしょうか。そんなことを考えながら観たことでした。丸木位里・俊さんの「幽霊」の場面では墨の濃淡について、黒はすべての色を表現することができることなどを岡村さんは説明されていました。

これまで私たちの『ヒロシマ往復書簡』で、しばしば岡村さんの明晰な文章を引用させて頂きましたが、映像を通じて初めてお目にかかることができたのでした。やはり想像したとおりの、素晴らしい学芸員の風貌姿勢を感じました。

そして、丸木位里さんは原爆が投下された直後の広島に入られた時の様相を、ご自身で語っておられる場面がありました。この言葉は、私たちの『ヒロシマ往復書簡』第Ⅱ集〈和泉舞さんの舞踏と、栗原貞子さんの護憲の碑）の中で引用させてもらった、丸木位里・俊夫妻の原子野をうたった詩でした。

食べ物もなく、薬はなく、家は焼け、雨にたたかれ、電灯はなく、
新聞はなく、ラジオはなく、医者もなく、
屍や、傷ついた人にうじがわき、はえが群生して群がり、音を立てて飛びかっておりました。
屍の匂いが風に乗って流れました。　（後略）

ここからは余談になります。

関さんは、私と早稲田の露文科で同級だった萩元晴彦君になぞらえて、岡村さんが高校時代に野球選手だったことを書かれ、想像できないようなお話でしたが、逆に私はその話を聞いて、なるほどと思いました。私自身もかつて野球少年でした。戦争が終わり、被爆の傷がようやく治まった時、友人に誘われて野球部に入部しましたが、やけどで引き攣れた手首では、バットが握れないことが分かり、退部しました。キャッチャーが目標でした。

こうした経緯がありましたが、早稲田での体育での単位を取得するときには軟式野球の実技を安倍球場で受けたのでした。そこでもキャッチャーの位置につきました。そんなこともあっ

て、文学部の対抗野球試合があった時、露文科では萩元君が投手で、私が捕手として出場したのでした。その時、確か野村勝美君（毎日新聞であなたの先輩に当たる）も内野手として出場していたはずです。野村君は、福井中学の野球部にいたと聞いたことがあります。萩元君は旧制松本中学時代にエースとして甲子園に出場していました。

　そして早稲田大学のロシア文学科に入学しましたが、その卒業論文はチェーホフ論でした。その頃の彼は、『萩元晴彦著作集』の中で、「僕は、早稲田大学のロシア文学科の学生で、同人雑誌に掲載するチェーホフ論を書いていたが、同時にサルトルにも埴谷雄高にも椎名麟三にも熱中していたし、太宰治は神様同然であった」と書いてありました。

　この著作集には、「遠くへ行きたい」「オーケストラがやって来た」などのプロデュースをはじめ、「あ、甲子園」「北京にブラームスが流れる日〜小澤征爾・原点へのタクト」、サントリーホール、カザルスホールの綜合プロデューサーとしての仕事の集約がなされています。

　読み直しながら、岡村さんが「原爆の図」の展示を構成される姿と重なるものがありました。

　そして、私たち夫婦が別府に移住してきて間もない頃に訪ねてきてくれたことや、小説新潮の書評欄に私の『原爆亭折ふし』（西田書店）を取り上げてくれたこと、日本エッセイスト・クラブ賞の受賞式に出席してくれたことなどが思い出されるのでした。

3

「満州帝国」への熱狂と悲劇

二〇一六年一二月

●関千枝子から中山士朗さまへ

中山さんの原稿頂いてからパソコンがダウンしてしまい、一週間使えず往生しました。パソコンがダウンすると送受信が不可能となって連絡が途絶え、困ったことだらけなのですが、原稿でさえ、もう手書きでは書けなくなっている自分を発見、びっくりしました。なるべく手紙など「手書き」を増やし、字が書けなくなるというような不都合をなくしたいと思っているのですが。これも機械ボケか、老化現象か。

ともかく、この間、中山さんのお手紙にありましたように平幹二朗さんの死、それの前後に私のかつての先輩同僚等の死が相次ぎまして、いささかショックでした。今年は、私たち昭和一桁世代の人々、ことに文化芸能で活躍した人々の死が多いと思っていましたが、平さんは、私たちの往復書簡でも、何度か取り上げさせていただいたので、ショックが大きいです。

平幹二朗さんの死が伝えられる前、一〇月二二、二三日、長野県飯田市に行き、満蒙開拓平和記念館を見学してきました。地元の人たちとも交流して感銘を受け、大いに励みとなりました。

今年は、満州事変勃発八十五年の年です。あの戦争は柳条湖事件に始まったのです。一応「節目の年」ですし、事件があった九月一八日には、新聞なども相当報道すると思っていました。ところがメディアは全く無視でした。私の知る限り沖縄タイムスのコラムで読んだのが唯一の例外で、あとはどこも全く「音なし」でした。

昨年から今年にかけて、戦争の悲惨な体験があれだけ報じられたのに、戦争のきっかけとなった（日本軍が仕掛けた）満州事変。それで「満州国」がでっち上げられ、「王道楽土」満州に多くの国民が熱狂したのです。あの時庶民はこの戦争が十五年続き、悲惨な結末になるとは夢にも思わなかった。そして、満州開拓に駆り出された人びと（奮い立って行った人ももちろんいるでしょう）、ことに、女性と子どもの惨憺たる死、取り残された「残留孤児」、「残留婦人」。あの戦争の最大の悲劇の一つです。

戦争の惨禍は語っても、発端になった満州事変のことは忘れられていると、憤懣に堪えないとき、私たちの往復書簡に何度か登場している竹内良男さんのフィールドワークで「満州開拓平和記念館」の見学ツアーがあることを知り、ぜひ参加したいと思いました。

竹内さんは最近、ヒロシマを通しての戦争と平和の学習活動に熱心に取り組まれ、今年は、定例の学習会を持っています。四十人くらいは入れる、こじんまりした、しかし、駅に近い会場で、毎月一度の割合で行なっていますが、好評で、この頃は月に二回のこともあります。フィールドワークもされ、私は彼のおかげで似島《にのしま》に行き、栗原貞子さんの護憲の碑を知り、高暮ダムのことも知りました。竹内さんは信州人ですから、松代大本営や無言館にも行っています。今度のフィールドワークは神宮寺（丸木位里、俊さんの絵がある）と平岡ダム（中国人連行者の追悼碑がある）などを巡る、というエネルギッシュな企画でした。

満蒙開拓平和記念館は長野県飯田市郊外の阿智村にあるのですが、実は私、飯田の女性グループとたいへん親しくしているのです。

国際婦人年（一九七五）のころ、飯田の公民館で、「生き方講座」という講座が開かれ、多くの女性たちが自立的な女の生き方を学び、講座終了後も活動をつづけました。飯田の公民館の平和の集まりに呼ばれた私は、そのグループの一人、関口房子さんと知り合い、四半世紀ご縁が続いています。満蒙開拓平和記念館ができた時、一度来てくださいと言われていたのですが、東京から飯田まで行くのは高速バスで四時間かかります。私の体を考え、関口さんは、強くは勧めませんでした。

この機会に久しぶりに飯田に行きたいと思い、関口さんに話しますととても喜んでくださり、竹内さんの当初の予定になかった飯田の女性史グループ（満蒙開拓の方々への聴き取り等をされている）との交流を企画してくださいました。ところが、参加者が思うように集まらず、残念なことにツアーが中止になってしまいました。竹内さんも「満蒙開拓のことに関心が薄いのだろうか」と、とてもがっかりしておられました。

私もツアー中止に驚きましたが、再計画（来年春以降）を待たず、個人で行こうと考えました。それは、九月初め、風邪の治りが遅く、三週間くらい罹ってしまったことで、年齢を考えざるを得なくなり、「今年のうちにどうしても行っておこう」と思い詰めました。結局友人と二人で飯田まで行きました。

バスで四時間、皆さん心配してくださったのですが、大変順調でした。腰の痛い方は長時間のバスはこたえると言います。私は膝が悪く片足は人工関節ですが、腰は悪くないのです。バス四時間くらいは平気ということが判っただけでも大収穫です。

飯田に着くとその晩飯田のシルクホテルで、満蒙開拓の当事者たちから詳しい調査や聞き書きをなさった女性史のグループの方々十人と交流会を持ちました。記念館ができたのも、この方々の調査が下敷きというか、ベースにあることも知りました。また満蒙開拓（とにかく二十五万人という人が行かされたのですから）という民族大移動のようなこと、その主力が長野県だったことはよく知られていますが、ことに伊那、飯田が多かったこと（ほかの地区の三倍、五倍という数です）は何だろう。長野の農村の貧しさだけでは説明できません。勧誘に熱心な教員がいたこと。また村の一年分の収入に当たるような報奨金をちらつかせたことなど。こんな村長さんの中には敗戦後責任を感じ自殺した人もあったようです。

話は尽きませんでした。現在、開拓に行った当事者はほとんど亡くなっていますが、残留孤児で帰国した人の子どもたちはたくさんの問題を抱えまだいます。聞き取りの仕事はさらに続くようです。

この交流会、女たちばかりの会にひとり、男性がいらしたのですが、その男性、野口次郎さんの車で交流館まで行きました。野口さんは元高校の教師で、ボランティアで記念館の案内をしておられます。詳しい資料や説明を頂きました。二時間半でも時間が足りないくらいでした。野口さんとはこれまた深いご縁があります。野口さんの亡き妻、房子さんは「生き方講座」の中心メンバーでした。長野で母親大会があった時は委員長に推された人です。

生き方講座で女の自立を学んだ野口房子さんは、男性も生活面で自立をと、夫次郎さんに炊事、洗濯、家事一切を教えました。おかげで次郎さんは家事で困ることなく、しかも〝妻の遺産を受け継ぎ〟(妻の残したネットワークすべてを受け継いで)社会活動に奮闘。記念館ができてからは、案内(説明)ボランティアに懸命です。元教師ですから、説明もとてもうまいのです。

「今年十三回忌ですから」という次郎さんの言葉に感慨を深くしました。私は十二年前の葬儀に参列していますので。考えてみると、この時、飯田に行ったのを最後に、飯田行が途絶えていました。十二年経ち、私の髪はすっかり白くなっており、杖突きなのに、野口次郎さんはあまり変わらないように見えます。年に一度は、しまなみ海道を四国から本州まで歩くのだそうです。あまりのお元気に「お幾つになられたのですか」と聞いたら「八十六歳」だそうで、またびっくり。飯田までバスで来たことくらいを威張ってはいられないと、励まされた思いでした。

東京に帰って、平幹二朗さんの訃報に驚きました。中山さんは「平さんは〝その時〟を予知していたのではないか」と思ったと書いておられますが。私は、今も連続ドラマに出演中、今後の予定もぎっしり詰まっている平さん、まだまだ気力に満ちていたのではないかと思います。おそらく、そんなことも考える暇もない突然の死だったかも知れない、と思いました。でも、苦しまずに逝ったのは良かった。俳優は現役で死ぬのが一番だから、など思いながら、「喪失感」でいっぱいです。

実は、私がこの往復書簡という形を考えたのは、友人の狩野美智子さんとのやり取りが最初で、それは『広島、長崎から　戦後民主主義を生きる』（彩流社）という本にまとめました。狩野さんは長崎の被爆者ですが、彼女はバスク研究者として知られています。狩野さんは、たまたまバスクのことを知り、のめりこんでいくのですが、平さんご家族の原爆とのかかわりと、狩野さんの被爆体験、こじつけかもしれませんが、原爆とバスク（ゲルニカ）、何か縁があるように感じました。

平幹二朗さんのお仕事では、テレビの「剣客商売」が大好きでした。藤田まことの秋山小兵衛と平幹二朗の田沼意次、まことに良き取り合わせでした。先日同じ日に「剣客商売」が三本放送され、見入ってしまいました。平幹二朗は俳優座から出た正統派の舞台俳優、片や藤田まことは大衆演劇出身ですが、平さんは藤田さんをとても尊敬しているように思えました。藤田さんと言えば、もう大分前ですが「徹子の部屋」に出た時、不意に平和の大事さを言われ、黒柳さんがどぎまぎしたように見えたのを覚えています。平さんも藤田さんも、戦争の悲哀を身をもって知る人でした。

●中山士朗から関千枝子さまへ

満蒙開拓平和記念館を訪問されたお話、深い関心を寄せて読ませていただきました。なぜならば、十五年前に亡くなった十四歳年上の妻が満州中央銀行（一九四〇年に本店入行）に勤めていましたので、終戦直後における満州各地での悲惨な状況、引揚げの際の苦難について、結婚した当初しばしば私に語ってくれていたからです。そして、私も問われるままに広島の被爆の実相を話し、そのころから書きはじめた原爆に関する習作も最初に読んでくれていましたから、その当時の私たちの生活風景が思わぬことでよみがえったのでした。言うなれば、私たち夫婦は戦争の傷によって結ばれ、戦後を懸命に生きてきたのかもしれません。

関さんが、今年（二〇一六年）九月一八日は、満州事変勃発八十五年の節目の年でありながら、メディアが全く無視していることに憤っておられることは私にはよく理解できます。関さんの言われるように、昨年から今年にかけて、戦争の悲惨な体験があれだけ報じられたのに、十五年戦争のきっかけとなった満州事変についての報道、満州国の建設、開拓に国民を熱狂させ、その悲惨な結末について語ろうとしない現状は、歴史認識の違いを他国から指摘されても致し方ないことだと思われます。

関さんの手紙を拝見して直ぐに思ったのは、妻が残して置いた『満州中央銀行の想い出』『満蒙終戦史』『満州の記録』の三冊の本でした。

『満州中央銀行の想い出』は、東京中銀会の編集によって昭和四六年五月二九日に発行された写真集です。

このアルバムは、引揚げ時の厳しい制限のなかで持ち帰られた数少ない写真を集め、、中央銀行を主体に編集されたものですが、その中には／新京大同大街／満州電電公社／大同広場・同記念碑／首都警察庁／国務院と官公署街の大通り／司法部建物／熱河旧清朝の離宮／奉天大広場、奉天駅／新京児玉公園／などの写真が掲載され、末尾には／豊満ダム／熱河の離宮跡／満州特産の大豆の集荷風景／が収められていました。これらは限られた少数の写真にすぎませんが、その建物や風景が作り出した威容さは、まさに「王道楽土」の片鱗をうかがわせるものでした。

もう一冊の『満蒙終戦史』は、編者は満蒙同胞援護会で、昭和三七年七月二〇日に河出書房新社から限定出版（妻の本には、限定版No.739の刻印）されたものです。九二四ページにもおよぶ、終戦当時満蒙に在った同胞の、ありのままの姿と引揚げの実相を記録して編纂されたものです。

この資料からは、満州、関東州からの引揚者だけで百二十七万人余に及ぶ海外からのほとんどの引揚者にとって、地縁や人縁を失った内地で、生活を建て直すことがいかに苦渋をもたらしたかを知ることができます。

三冊目の『満州の記録』は、一九九五年八月九日に集英社から発行された二四六ページにも及ぶ資料集です。五十年目にロシアで発見された満映・満鉄のフィルム三百巻（そのほかにソ連軍撮影によるフィルム）から映し出された満州の歴史が集約されています。

そこには李香蘭主演の劇映画『迎春花』、森繁久彌ナレーションの啓蒙映画『北の護り』、特急あじあ号、皇帝溥儀、建国パレード、新京、大連、ハルビンの街並み、ロシア人・モンゴル族の生活や習慣などが収録され、満州および中国本土・日本の年表が収録されていました。

そのなかで私がもっとも関心が寄せられたのは、昭和一七年五月二一日の建国十周年を迎えての「興亜国民動員大会」の写真と、『開拓団の家族』『開拓の花嫁』の写真でした。「興亜国民動員大会」の写真は、大同広場の中央銀行前で行われ、六万五千人もの参加者があったと説明されていました。中央銀行の建物の威容さを見ながら、そのころに妻が入行したことを想像したのでした。

このたびの関さんから頂いた手紙から色々と調べておりましたら、歴史は繰り返されると、しみじみと思いました。今もって国策によって犠牲を強いられるのは、国民だということが一層明確になりました。

というのは、原発の事故もそうですが、以前書きましたように、議会で拍手を持って送られた南スーダンPKO隊員が死亡した場合、国の命令の戦死者として靖国神社に合祀するとでもいうのだろうか、と疑問を投げかけたことがありました。

そして、隊員が出発する日の家族との別れの様子をテレビ、新聞で見ながら思ったことは、戦前に外地に赴く兵士の見送りと少しも変わらないということでした。すると、着任して間もない昨一二月三日の新聞記事に、防衛省が南スーダン駆け付け警護付与で、陸自PKO弔慰金増額の記事が出ていました。

つまり派遣した陸上自衛隊の部隊が任務中に死亡したり、重度障害になったりした場合の弔意・見舞金の最高限度額を、現行の六千万円から九千万円に引き上げる方針を決めたということです。安全保障関連法案に基づく新任務「駆けつけ警護」を付与したことに伴う措置で、任務を実施した際は、一回当たり八千円の手当を隊員に支給することも決めたようです。一方、手当については、現在も「国際平和協力手当」として一日一万六千円が隊員に支給されていて、これとは別に駆けつけ警備で出動した隊員に対し、一回あたり八千円を新たに支給するというものです。

この事例から、関さんが手紙に書いておられた「村の一年分の収入に当たる報奨金」をちらつかせて、満蒙開拓者を送り出した話と共通するものを覚えました。今日は、暗澹とした気分の手紙になってしまいました。

4　世界の「右傾化」を考える

二〇一七年一月

●関千枝子から中山士朗さま

実はこの手紙、昨年（二〇一六年）の内に出すつもりで、一応書いていたのですが、書き終えてから、なんとなく意に添わず、手直ししようと思っているうちに押し詰まり、年を越すことになりました。年末年始は「家事」のため大変忙しくなります。最近、我が家では正月にファミリー大集合をやる習慣でして、文字通りの怠け者の節季働き、ひどいことになります。私は正月の料理もほとんど自分で作りますので、それも大変なのですが、掃除片付けがひと苦労です。何しろ「紙」が多い家でして、整理できていない紙（大事な資料なのですが）があふれ、この片付けが大変です。ふだん腰が痛むことはない私でも、この大みそかは、腰痛で本当にまいりました。ともかく「ファミリー行事」もすみ、腰もよくなりまして、きょう三日から通常生活に戻り、この手直しにとりかかっています。

昨年二〇一六年は、なんとも芳しくない年のように思えました。トランプ現象に代表される世界の「右傾化」が心配です。ヨーロッパでも偏狭な思想の人々が台頭しているようですし、私や中山さんの生まれた頃の日本を思い出してしまうのです。よその国に君臨し「権益」を主張してなにも疑わず、満州を「王道楽土」と信じ、命を惜しまぬことを讃え、軍国美談にした（爆弾三勇士）あのころ。若い人たちは「あのころ平和なんて言えなかったのですね」と言いますが、私たちは、中国人をやっつけることがいいことで、平和な世界を作るのだと信じていたのです。「東洋平和のためならば、なんで命が惜しかろう」とうたったことを、私、忘れません、「シナをやっつける事（暴支膺懲）」は正義でした。私は安倍さんの「積極的平和論」を聞くたびそれを思い出します。

暮れのニュースで、今年の株の乱高下を言っていましたが、「トランプ」期待で最後は株高で終わったと言っていました。なんだか変ですね。

中山さんの奥様が満州中央銀行にいらしたことを中山さんの手紙で知りました。私、そんなことを全く知らず、驚いてしまいました。とにかく「国策」と言ってしまえばそれまでですが、多くの日本人が、「王道楽土」の満州に夢と希望を持ったことに間違いありません。奥様の就職の事情は分かりませんが、やはり期待を持っておられたのではないでしょうか。あの時、日本中が満州に沸き立ったのですから。私は、私のクラス（私の学年は昭和六年と七年、まさに

「満州事変—満州帝国設立」の年生まれの学年です）には、必ず「満」の字がつく名前を持った友達がいました。満佐子とか満智子とか。本当に「満州ブーム」だったのです。

そしてあの戦争の最後、一番悲惨な目に遭ったのは満州の辺境にいた開拓民の女と子どもで、置き去りにされ、あるいは自決、あるいは、現地民に助けられて「残留」せざるを得なかった。その悲劇はその子供達にまで及んでいます。


昨年末、マスコミは、パールハーバーに行った安倍晋三氏を大写しにしました。謝罪をせず、和解と不戦を訴え、日米同盟を「明日を拓く希望の同盟」と自賛したようです。

何だか漫画のようだと思いました。ヒトラーよりもムッソリーニよりも早く隣国を侵略した日本。そのファシスト（枢軸）を倒しながら、戦後は戦争に明け暮れ、テロも戦争だと報復し、さらにテロをあおっているアメリカ。来年は、もっと「猛々しい」政権になるようですから、この同盟を希望というのはなんとしてもおかしいのですが。それに日本は、アメリカの忠実な同盟国（しもべ）として、いかに民が反対しようと基地を作り、どこの国も購入を敬遠しているオスプレイをぶんぶん飛ばし、原発は再稼働し、プルトニウムをじゃんじゃん作ろうというのですから、滑稽と言おうか、悪夢と言おうか……。

パールハーバーに行って悪いとは言いませんが、もっと行ってもらいたいところは、アジア諸国に多くあるのですが、どうにも釈然としない年末でした。

子どもたちには、高齢化したので正月のファミリー行事を今年でやめようか、と提案するつもりだったのですが、言い出せずに終わりました。腰痛が治まってきて元気になると、まだやれそうと思ってしまうのですね、私、どうも楽観論者のようです。

●中山士朗から関千枝子さまへ

何時しか、私たちの往復書簡も五年目に入ってきました。そして、今年の一一月には八七歳になるのかと思うと、何か生きているのが不思議な気持ちになります。

前回の関さんの手紙に先輩、同僚の死、また今回の手紙では同年配、同期生の死について触れられていましたが、私の身辺でも、そうした知らせが届いております。先日も、関さんもご存じだろうと思いますが、私と露文科で一緒でしたT君から、年賀欠礼の挨拶状が届きましたが、それには一月一一日に開腹手術で腎臓、膀胱の一部と尿道を切除すると記されていました。暮れに、互いの現況を話し合い、この年齢になると何が起こっても不思議ではないね、と話したところでした。私自身もこの三月に心臓のペースメーカーの電池交換手術（三度目）をしなければなりませんが、この年齢で、手術に耐えられるものかどうか不安だと話したところでした。

そんな話をしたせいか、手紙の末尾には「やっと入院日、手術日が決まり、『さあ来い』の心境です。いくら考えても結論は同じ、なるようにしかならないということです。敵も強壮ですが、自らギブアップはしないつもりです。かなうことなら今生でもう一度お会いしたいですね」と書いてありました。

年が改まった早々、暗い話になってしまいましたが、関さんのお家のファミリー行事のことは、ほのぼのとした雰囲気が伝わってきました。最近、私と年齢が近い人たちから、ひ孫ができたということをしばしば聞かされていますので、ことによったら関さんも曾祖母になられたのかなと想像しています。エッセイスト・クラブ賞を受賞された時の、お嬢様とご一緒の写真が思い出されましたので。「今年でやめよう」と提案されなくてよかったと思っております。

けれども、考えてみますと、私たちの、これまでの往復書簡では、それぞれの家庭内について書いたことはありませんでしたね。前回の私の手紙で、私の妻が満州の中央銀行に勤務していたことを、関さんが初めてお知りになったように、これまで互いの生活について語ったことはありませんでした。内容が『ヒロシマ往復書簡』ということなので、自然にそうなったのだと思いますが、人によっては、「著者の生活のにおいが感じられない」という意見もありましたが、私たちの仕事は、記憶を記録にし、後世代の人たちがこれを読んで戦争について、原爆について考える原点にして欲しいことを目的にして書いているのですから、それはそれで致し方のないことだと考えています。

関さんが手紙に戦争の酷さ、残酷さを知り、何があっても、戦いは嫌だと思っている世代、つまり戦争の恐ろしさを肌で知る層が減っていく恐ろしさを書いておられましたが、私もそのように感じています。

私は現在、新聞は地元紙の大分合同新聞、全国紙の朝日新聞の二紙しかとっていませんが、この一月七日の両紙に「日本会議」の成り立ちを探った上で、安倍政権による改悪に向けた動きを批判する内容の『日本会議の研究』という本が、各書店でベストセラーランキング上位に入っていることは知っておりましたが、購読しておりません。しかし、このたびの東京地裁の差し止めを命ずる決定を知ったとき、戦前の言論弾圧を思い出さずにはいられませんでした。

そうこう思いながら、朝日新聞を広げていますと、私が常日頃愛読しております鷲田清一さんの「折々の言葉」一月七日と八日のエッセーが目に入りましたのでこれを引用します。

〔前を向いて絶望する勇気〕夏目房之介

これは漫画家、岡崎京子の仕事を漫画評論家の目でとらえたものです。

「女の子が落ちて壊れる姿に目を塞ぐのではなく、逆にきれいな物語に整えるのでもなく、それを自分の根っこに引き寄せ凝視すること。時代の中にきちんと置いてみること。それを描ききる中にしか希望の糸口もない?」。

「戦争が起こってしまってから反対運動をする自信も勇気もおそらくない、だからこそ今のうちにやらなくては」藤枝玖美子

これは詩人の藤枝玖美子が、「シリーズ・今を生きる(5)女・母と娘」《1981年》の編集者の松林依子に語った言葉です。

「おかしい、ひどい、きなくさいと思っても、周囲から睨まれ、脅かされ、詰問されたら、それに臆せず抗い続ける強さは、きっと自分にはない。だから、「考えすぎ」と言われても、傍は見ずに、今やらなければならないことを問うている」。

この「折々のことば」が意味するものは、今の日本にとってきわめて大切な言葉だと思います。

5

記憶の継承——外国からの取材

二〇一七年二月

●関千枝子から中山士朗さまへ

今年は昨年よりさらに忙しくなりそうです。

その第一が外国人と外国在住日本人の取材です。

パリに住む松島和子さんとは昨年お会いしたのですが、彼女は私の『ヒロシマの少年少女たち』に大変関心を抱かれ、映像にしてみたいと言われるのです。松島さんは映像作家と言ってもプロというわけではなさそうですが、そのような人にでも、フランスは大分助成金をくださるようです。さすが文化の国ですね。一方、フランスと言えば、核を持つ国でもあり原発の推進国でもあります。そのフランスの人々に原爆の恐ろしさを少しでも知っていただければ、と喜んで松島さんや取材スタッフの案内役を承諾しました。

もう一人は、浜松に住むアメリカ人のM・G・シェフタルさんです。静岡大学の教員で、三十年近く日本に住み、日本語もとても上手ですが、原爆のことはその被害の酷さも知り、原爆投下の国の人間として、長年とても行けなかったが、昨年オバマさんが広島に行ったので、勇気をもらって本格的に原爆に取り組もうと思ったと言います。オバマさんの広島行きも、意味があったのだ、と笑いましたが。

シェフタルさんは私の本を読み、最初のインタビュー相手として私を指名されました。お会いしたところ、体は大きいし、ちょっと威圧されましたが、とてもまじめで真剣なことが分かりました。彼の場合、ジョン・ハーシーの『ひろしま』のように何人かの方に会わなければどうしようもない、そして被爆のことと、それから七十年をどう生きてきたか、話を聞いてまとめるしかないだろうと考えたそうです。

それで、先日、中山さんもご存じの狩野美智子さんに会ってもらいました。狩野さんはいま小田原の老人施設におられます。小田原は浜松と東京のほぼ真ん中で、ちょうどよいということもありました。

私は、中山さんとの往復書簡を始める前、狩野さんと往復書簡を交わしています。狩野さんと私の「共通点」と言いますと東京の私立の女学校から、広島（狩野さんは長崎）に一年前に行き被爆したということでしょうか。ともに、父親の仕事のためで、行った先の地理も知らず、親戚もなく、知り合いもなく、というところは似ていますね。ともに東京では、歴史と伝統のある女学校で、公立の学校に比べ、のんびりしていたと思います。狩野さんは転校した翌日から、かの有名な三菱茂里町工場に学徒動員で働きに行かされ、魚雷を作らされているのですが、茂里町工場って爆心に近いのですね、一・五キロもないくらい。そこでピカ。あっという間に工場が倒れ、下敷きになったようです。

結局山に逃げ、そこで一夜明かすわけですが、家族は彼女が生きているかどうか本当に心配されたようです。そのあとのこと、生き方、結婚、子どもを持ち、教員を経て、スペインのバスクに興味を抱く、本当にすごい人生なのですが、私も初めて聞いてびっくりした話がありました。

狩野さんは、帰り着いた自宅で（爆心から三キロ）、敗戦のラジオを聞いているのですが、あの、例の「玉音放送」の後もラジオを聴いているのです。そしたら、あの後ラジオ（当時はＮＨＫとはまだ言いませんでしたね。ＪＯＡＫは東京で、地区によりＪＯ〇〇といっていましたね）。そのラジオで、ポツダム宣言の解説やら、日本は、本州と九州、四国、北海道そのほか小さな島々だけの小さな国になってしまった、これまでとは違うということをしっかり解説したのですって。だから彼女は、その時、敗戦とこれからどうなるのかすべて理解したらしいのです。狩野さんは私より学年では二年上で一五歳です。一三歳の私とはかなり違うと思うのですが。

「玉音放送」を聞いた人はたくさんいますが、その「後」を聞いたなど言う人は今まで聞いたこともありませんので、びっくりしてしまいました。ラジオが聴きにくかったこともありますが、あの放送の意味が分かった人も茫然自失となり、それから後ラジオを聴く人などいなかったということでしょうか。

私も、放送を聞いて茫然とし、大人たちもみなぼんやりしていますので、一人抜け出して学校に行きました。するとひとり生き残っていた友が、誰に聞いたか、夢を見たのか、ウジで一杯の腕を振り回しながら「日本もあんとな爆弾を作ったんと。もう大丈夫じゃ、今度はアメリカをやっつけるのじゃ」と叫ぶ、それを聞きながら堪えられず、庭に出て泣いたことをよく覚えています。あの日（八月一五日）は大変な日でした。

●中山士朗から関千枝子さまへ

お手紙拝見しながら、いつに変わらぬご活躍ぶりに感心いたしております。

これまでに送っていただいた『ヒロシマ往復書簡』の書評を読んだときにも感じられたことでしたが、そのいずれもが女性の方で、その交流範囲の広さに改めて関さんの活力というものを思った次第です。その根底にあるものは、ご自身語っておられますように、「生きている限りちゃんと生きよう」という強い意志の表れで、草庵に篭りきりの私とではその気持ちのあり方に雲泥の差があるように思われます。

しかし、関さんのこの気迫に引き込まれての五年間は、朝日新聞記者の宮崎園子さんが、いつか【記者有論】で、「広島から思う　家族たどり戦争を知ろう」と題して、晩年になって多発性骨髄腫に罹り、八八歳で亡くなったご自分の祖母の「最終章」について書かれておりましたように、最終章に入った私の、被爆者として生きたいことの記憶と記録を残す大切な時間となったのでした。

こうした思いも、私の友人のT君が年賀欠礼の葉書を印刷して送って来たことから端を発したものですが、その手術は成功し、無事に退院したという知らせを野村君から聞いております。手術の日からしばらくしてT君の家に電話してみたのですが、留守で通じなかったものですから、心配しておりましたが、結果がよくて何よりだと思っております。関さんの言葉に従って、能力の落ちてくるところを、自分でちゃんとつかみ、そこを「補完」しながら暮らしていくのも、最終章という言葉で表現された宮崎さんが、最近の朝日新聞に「心苦しい歴史　日本人直視を」という表題で、佐世保の元教員、渡邊さんが、翻訳で証言集のアーカイブ化に協力したことをコラムに書いていました。

これはネット上の被爆地の立体地図に被爆者の証言を記録した「ナガサキ・アーカイブ」を二〇一〇年、同様の「ヒロシマ・アーカイブ」を一一年に開設したものです。全世界からいずれも年間平均十万のページビューがあるそうです。

それについて、「過去の資料の価値を今の世にあった形で、発信するミッション。技術はあくまで補助で、体験を語り継ぐ人の営みこそが大切」と渡邊さんは話しているそうです。

このたびの関さんの手紙を読みながら、宮崎さんが書かれたコラムがふと思い出されたのでした。パリ在住の松島和子さん、静岡大学の教員のM・G・シェフタルさんは、ともに関さんの「ヒロシマの少年少女たち」に感銘を受けられ、そして直接会って話を聞きたいと思われたのだと思います。

しかし、わが身に置き換えて考えてみますと、先刻の最終章の話ではありませんが、関さんの健康のことも気になります。会って話を聞く対象者が、今ではごく少数に限られるのではないでしょうか。その一人として狩野美智子さんをご紹介されたのだと思いますが、その狩野さんも、自ら「戦中のアナウンサー」と名乗られる来栖琴子さんと同様に老人施設に入っておられると知り、改めて戦争を体験した人の最終章を覚えずにはいられません。来栖さんのいらっしゃる熊本県阿蘇村の老人施設を一度お尋ねしたいと思っているうちに大地震となり、遠い場所になってしまいました。

狩野さんのことは、以前、関さんからご本を送っていただき読ませてもらいましたので、よく存じ上げておりますし、最近、ご子息との対談集が彩流社から刊行されたことを新聞で知りました。母から被爆の実相を聞いておきたいという思いから、作られた本だと記憶しております。こうしたことからも、関さんの『ヒロシマの少年少女たち』を、翻訳によってアーカイブ化されることが望ましく、参考までに宮崎さんが書かれたコラムの内容をお伝えしました。

それにしても、狩野さんが、「玉音放送」があった後もラジオ放送を聞いておられたことを知り、あの「玉音放送」のあった日のことを思い出していました。

母がバラック小屋で臥せっている私に、「日本は戦争に負けたんよ」と告げに来ました。それを聞いて、熱い涙があふれ、火傷した顔面に伝わるのが分かりました。

原爆で破壊された広島に電灯が点るようになったのは、その年の暮れ近くになってからではないでしょうか（注）。それまでは、夜になると蝋油に布で縒った芯を浸し、灯火としたのです。したがって破壊された家屋からラジオを取り出しても、使えなかったのです。後に必要があって戦後のラジオ放送について調べたことがあります。以下は、その抜粋です。

「ラジオ放送に〈天気予報〉が復活したのは、日本がポツダム宣言を受諾し、終戦の玉音放送が全土に流された七日後の、昭和二〇年八月二十二日のことであった。

三年半ぶりの予報復活は、人々に改めて平和を実感させた。それは、戦争が終わって灯火管制から解き放たれ、気兼ねなく電灯を明るくした時の喜びに似ていた。」

このことから察して、天気予報の復活に合わせて、一般のニュースも流れるようになったのではないでしょうか。特に放送局（当時は、ＪＯＡＫ第一放送と言っていたように記憶していますが）は、ＧＨＱがまず最初に管轄下に置いたと言いますから、狩野さんがポツダム宣言の解説を聞かれたのもその頃だったのではないでしょうか。

（注）広島の電気は、焼け残った宇品地区などは八月一〇日ごろ復旧、一五日の「玉音放送」も自宅のラジオで聞いた。しかし火災で焼けた地区などの復興は大分遅れたものと思われる。

6

八月六日にヒロシマを歩いた人

二〇一七年三月

●関千枝子から中山士朗さまへ

なんだかばたばた忙しくて、すっかり遅くなってしまいごめんなさい。忙しさの所以は、前にも書きましたアメリカ人の大学の先生シェフタルさんの、ヒバクシャへのインタビューのお手伝い（と言ってもこの人に話を聞いてみれば、という程度のお手伝いです）。

さらに、松島和子さんが来日し、前便でお知らせした作業が着々と進んで、目下、パリとメールのやり取りで「詰め」の段階に入っています。そんな用件がかさなりましたが、今日は、シェフタルさんもお呼びし、私も話を伺って驚いた田戸サヨ子さんの話をいたしましょう。

これも不思議な縁でして、昨年暮れ、私も入っている「図書館友の会」で話をする機会がありました。私が、「横浜の図書館を考える集い」で、一応代表として活動いたしましたのは、もうふた昔前。今、私は、図書館に関してこれということもできず、地道な活動をしている皆さまには申し訳ないありさまですが、その会で「図書館に関わり続けて40年」と言ったことでお話ししました。私などが話していいのかしらと忸怩たる思いでしたが、これが私の図書館活動の最後の働きかもしれないと思ってのことでした。

その会に田戸義彦さんという横浜で建築士をしておられる方が出席しておられて、母親（サヨ子さん）の自分史を読んでほしいと一通の草稿（まだ第一部なのですが）を渡されました。

これを読んで驚きました。田戸サヨ子さんは、当時、第二市女（広島市立第二高等女学校）生だったそうで、教室を借りていた第三国民学校で被爆したようです。第二市女という学校があったことは知っていましたが、どんな学校やら知らず、建物疎開には動員されていないようで、前から疑問に思っていました。またこの方（私より一年上）、工場に動員されていたが、その日は電休日で学校に登校、被爆したと。つまり第三国民学校で被爆したわけで、私の被爆地（宇品の我が家）とは歩いて一二、三分の距離です。それに、田戸さんは被爆後、爆心地を通って帰っているのですが、六日に爆心地を通った方など稀だと思います。私のクラスメートの母たちにしても、子どもを探しに入るのは翌日ということが多く、六日に爆心地に入った人の話など聞いたことがありません。いろいろな意味で驚きましたので、有楽町のレストランに、田戸さん親子、シェフタルさんを呼んでお話を伺いました。

まず、田戸サヨ子さんのお元気でしっかりしておられるのにびっくり。東大和にお住まいで、有楽町からは遠いのですが、疲れも見せずニコニコしておられます。お連れあいが体調を崩し、施設に入られたので、少し暇ができたとのことですが、まあ、本当にシャンとしておられます。

サヨ子さんは、お父さんは早く亡くなられ、その当時は、お母様ときょうだいと鷹匠町（爆心地から近い）に住んでおられましたが、母子家庭で、生活は大変だったようです。三篠国民学校の高等科を卒業しますが、卒業しても挺身隊にとられて働かされるだけなので、高等科卒の生徒を入れる女学校があるというので第二市女に行ったそうです。第二市女は高等科を卒業した子を入れる女学校として昭和一八年に実科女学校を母体にできたと広島原爆戦災誌の学校編にあります。だから、女学校と言っても一、二年生はおらず、高等科を卒業して入った三年生から上の学校だったのですね。もっともサヨ子さんはそんなこともよくわからず、挺身隊を嫌って入学したのに、入ってみると女学校の三年生も勤労動員とのことで、三、四日学校で簿記を習っただけで、すぐ日本製鋼所に動員されました。工場は向洋（広島駅の一つ先）にあり、飛行機の部品を鋳物で作っていたそうです。入学から四か月たちましたが、学校のことも先生も級友もほとんどわからないままでした。

八月六日は一か月に一度の電休日、学校に来て教室に座り、久しぶりの登校がうれしかったそうです。そこへピカ。爆風。級友の泣き叫ぶ声を聴きながら机の下にうずくまったまましばらく動けなかったそうです。気づくと窓ガラスは全部壊れ、部屋はめちゃめちゃ、「痛い痛い」と友達はみな教員室へ行ってしまい、けがをしていないサヨ子さんともう一人の友達だけが残っている。そこへ「助けて！」という声がしたので見ると、もう一人の友が引き戸の下で泣いている、助け出すと脚が折れたらしい。近くには陸軍共済病院があるので、そこへ行こうと友を助けながら病院に向かったのですが、病院に向かう火傷やけがをした人の一団に会い、その光景にショックをうけ、病院もいっぱい。長時間待って、板をあてがい包帯をぐるぐる巻いただけでおしまい。

私は不思議に思い、「自分たちだけで病院に行くことを考えたのですか、先生に相談しなかったのですか」と聞くと、先生にもあまりなじみはなく、友達もどこかへ行ってしまってよくわからなかったので、自分たちの判断で行ったとのことです。

さらに不思議に思ったのは、私もあの後、父に言われて、祖母を連れて大河《おおこう》の知人の家に向かい、その時、第三国民学校のすぐ近くを通っているのですが、その時はまだけがや、火傷の人などみかけませんでした。おそらくピカから一時間以上たっていると思いますが、その時はまだやけどで逃げて来る人に会わなかったのです。私が火傷のものすごさを知ったのは大河の知人宅でその家の親類の子が運びこまれてきたのを見たときでした。サヨ子さんのお話を聞くとなんだかすぐ病院に行ったように思えるのですが、彼女は火傷の人を見たという、このあたり確かめたのですが、彼女は確かに見たという。ただこれはいくら話してもわかりませんでした。何しろあの頃、私たちは腕時計など持っていませんから、正確に何時であったはわからないのです。

とにかくサヨ子さんはだいぶ待って友の手当てが終わってから、幸いその友の家が近かったので送り届け、もう一人の友といっしょに御幸橋に向かいます。橋の向こうは真っ赤な炎。ここから先はいけない、橋のところでずっと座っていたら、誰かが「通れるぞ！」、というので皆で一斉に電車道を進んだ。鷹野橋まで来た時、火のトンネルを抜けたが、見渡す限り焼け野原で驚いたそうです。でも、紙屋町まで電車道を歩けたのに、そこから相生橋まで、道路は残骸があふれて通れない。サヨ子さんは紙屋町までは兵隊の手で道が片付けられていたが、そこから先はだめだったと言われるのです。私は八月六日に宇品方面から爆心地に入った人の話は初めてで驚いてしまいました。

やっと相生橋まで来て鷹匠町の方を見ると、そのあたりは壊滅、家など何もない。これはだめだと泣きさけんだと言います。サヨ子さんの話はさらに続きます。

鷹匠町の人はいざというとき、川内村に逃げることになっていたので、そこに行こうと思い、友の自宅は大芝町なので、励ましあって横川橋めざして歩くと、ひとりの青年に、足が痛くて歩けないから助けてくれと頼まれ、少女二人で青年を助け歩きます。横川橋で大芝に帰る友と別れ、今度はサヨ子さん一人で青年を助け、もう夕暮れになった道を、祇園町山本の青年のお宅にたどり着きました。結局その日は青年のお宅で泊まることになるのですが、その家は農家で牛を一頭飼っていて、なんとその日、牛乳風呂に入れてもらったそうですよ。

川内村に行ったが母は来ておらず、心配ですが、九日にお姉さんが川内村に来ます。お姉さんは、住吉橋（爆心から一・五キロ）の郵便局で働いて建物の下敷きになり、その後黒い雨に降られましたが、けが一つなく無事だったそうです。その日、川内村から捜索トラックが出るというのでお姉さんと二人乗せてもらい、自宅のあたりでお母さんを探しますが、見つけることができずにいるうちに川内村に帰るトラックは出てしまい、仕方なく横川の方に向かって歩き出すと、バラックの収容小屋が出来ていました。その二つ目の収容小屋で横たわっているお母さんを発見したのです。お母さんの外傷は大したことはなかったがひどい熱です。一一日になって汽車が通っていることが分かり、宮島口の宮内村のお母さんの実家にお母さんを負ぶって転がり込みます。ここでやっとお母さんを布団の上に寝かせることができたのです。

　九日に、横川の方にバラックの収容所ができていたなど私も初めて聞きました。トタン屋根で畳が敷いてあり、壁はむしろが下げてあったそうです。畳などよくあったと思いますが、考えてみると建物疎開で壊した資材のすべては、兵隊たちが持ち去って軍が再利用したようです。トタンにしろ、畳にしろ、どこかへ保管してあったのではないか、それが緊急収容所に使われたのではないでしょうか。

　おかあさんは一四日に亡くなるのですが、その前に、伯母さんの家に疎開していた小学校六年の妹を連れてきてもらい、会わせることができたのはよかった、と述懐します。

私は思わず、伯母さんにどうして連絡できたの？ と聞いたところ、電報を打ったとのことです。なるほど、私の家のあった宇品など市内は、そのころはやっと電気が直ったくらい、電報など考えもつかなかったのですが、宮内くらい離れていると、そのあたりは平常通りなのですね、宮内村から伯母さんの友和村まで電報を打つことが可能だったわけです。

お母さんの実家でそのまま世話になっていたサヨ子さんたちきょうだいは復員してきた兄と一緒に一一月に呉線の小屋裏の県営住宅に移ることができ、きょうだい四人で暮らしました。兄は国鉄で働き、姉は郵便局が再開して働く。

しかしサヨ子さんは家の仕事で大変でした。コメの配給が少ないので、何とか手に入れなくてはならない、芋一つ買うのも一五歳の少女には大変でした。それで学校はそのまま行けなくなってしまいました。学校がどうなったのか、わからないし、あの日一緒に逃げた友も、その後どうなったやら、全くわからないと言います。

一九四八年、姉の勤め先の局長の世話で祇園に移り、ここで妹の友人の関係でカトリックの教会を知り、三菱重工の祇園製作所の臨時工で働くことになりました。当時、三菱は工員たちに定時制高校に行くよう勧めていたので、高校生になります。祇園線の車両一つが三菱の工員で一杯になるくらい、生徒たちは定時制高校に通ったそうです。

「学校に行くのはうれしくてよく勉強した。国語が大好きだった」。なるほど、サヨ子さんの文章は確りしています。こうして、可部定時制高校の一期生で、広島大学工学部に入った義登さんと知り合い、大恋愛し結婚。お子さんを七人も育てるのです。

そして、病気もせずに暮らし、自分は原爆病にもならず、けがもせず、だから被爆者手帳もいらないと思い込んでいたサヨ子さんは、平成元年になってから、ある日めまいで倒れ入院。姉に言われ、被爆者手帳を申請しました（このころはもう東京に住んでいた）。係の人に話しても、六日に爆心地を歩いて生きているはずはない、あなたは嘘つきだなど言われてしまった。しかし、第二市女で被爆したことは直ぐ証明が付いたので、被爆者手帳を取得します。その時、たくさんの放射能を浴びたはずなのに、こうして元気で生きていることの不思議さ、「自分が生かされていること」を感じ、地域のヒバクシャの団体にも入り、近所の小学校でも語って来たというのです。

彼女の話の紹介長くなってしまいました。私も初めて聞くような事実が多かったので、驚きました。そして彼女が戦後三菱重工の臨時工になり、工場の奨励で定時制高校に行ったことも素晴らしいと思いました。原爆のため、あのまま学校に行けず、悔しい思いをした人も多いのですから。当時の三菱重工・可部はなかなかやるな、と思いました。私は戦後の学校の明るさを思い出しました。校舎も壊れ、貧しい教育環境の中なのに、あの頃の学校の楽しさ。学ぶことの楽しさ。先生たちも手探りだったけれど、私はあの時代に、民主主義の大切さをわかったのだと思っています。

●再び関千枝子から中山士朗さまへ

（本来ならここは中山さんの返信が入るはずなのですが、中山さんが心臓のペースメーカーの取り換え手術の前であり、目に炎症が生じて体調が悪く、もうひとつ落ち着かない暮らしを思い、私の「報告」をつづけることにしました。）

ペースメーカーの入れ替え、経験のない私は簡単に思っていたのですが、大きな手術なのですね。それに当たって誓約書やらなにやら、いろいろ書類をとられて（このごろ病院面倒ですものね）、中山さんがナーバスになられるのもよくわかります。それに、私、近頃、同年配の方々（ヒバクシャでなくても）急に弱る方が多くて気にしているのです。この一年でずいぶん友を亡くしました。そして具合が悪くなっている方も多く、気にしています。

誤解されると困りますが、私、中山さんの手術には何の不安も持っていません。電話で話す中山さんの声には張りがあります。声が変わってしまいいわゆる老人声になる方が多いし、耳が弱る方も多いのですが、中山さんの声は若いです。私も幸い、目、耳、声などが元気なのはうれしく思っています。不器用な私は、目がだめになったらもう暮らしていくことはできないなどと思い、目がいいことをありがたく思わなければと思います。

私の方は、この三月、四月、忙しくなりそうです。前の便で報告したシェフタルさんを被団協の事務局長田中熙巳さんに紹介しました。田中さんは、前からとても立派な方だと思っているのですが、安保関連法制違憲訴訟の原告になっておられ、先日、法廷で陳述もされました。それを読みまして、シェフタルさんに会ってもらいたいと思いました。シェフタルさんは、前にも書きましたが、日本滞在三〇年、日本語もうまいし、日本のことに精通しておられます。とても進歩的で平和主義者です。学者として、特攻のことを調べたりしていますが、原爆のことに突っ込む勇気がなかったと言われます。原爆を投下した国、加害の国の国民としての複雑な思いは私にもわかります。そしてシェフタルさんを応援してあげたいと思い、田中さんにお願いしましたところ、田中さんも快く承諾してくださいまして、ちょうどビキニデーで焼津に行くから、静岡で会いましょうと言ってくださいました。シェフタルさんは浜松在住なので静岡でお会いできればありがたいわけです。

行きがかり上、私も静岡に行くことになりまして、一緒にお会いしました。私は田中さんが長崎のヒバクシャだということくらいしか知らなかったのですが、親類を多く亡くされ、お金がなかったのでしばらく働いてお金を貯めて東京理科大にいらしたこと（授業料が安かったかららしいです）、大学生協の運動を長くなさったこと、東北大にお勤めになっていたことなど初めて知りました。私は、被団協のような様々な考えの方がいる団体がともかくうまくまとまっているのは田中事務局長の力が大きいと思っているのですが、田中さんがもう今年位で事務局長もやめにしたいのだが、と言われるので、もう少し頑張って下さいと無責任なことを言ってしまいました。被爆者団体もいろいろあって自民党から左まで、いろいろありますからというと、シェフタルさんが、自民党？　と驚くので、広島は昔から自民党が強くて有名なところですよ、と言ってしまいました。そして「被爆者にはいろいろな考えの方がおられます。超保守から左翼までいろいろ。しかし、原爆だけはもうごめん、世界中のどこにも落としたくない、それだけは一致しています。これは絶対にわかってください。書いてください」と言ったのです。

そして、どんな方に体験を聞いても、日常生活で忘れっぽくなっている方も、あの日のことだけは、しっかり覚えています。これをわかってほしいのです（たぶんシェフタルさん、わかって頂けたと思いますが）。

そのほかにも、松島和子さんの映像制作も三月末から始まります。この準備打ち合わせも大変なのですが、とてもハードなスケジュールになりそうです。

四月初め、松島さんとともに広島に入るのですが、撮影がすんだら、戸田照枝さんのところにお見舞いに行こうかと思っています。

戸田さんのこと、往復書簡ではあまり書いていないのですが、国泰寺高校三年のときの同窓生で、後に彼女はクリスチャンになり、広島ＹＷＣＡで地道な活動をつづけました。原爆詩や手記の朗読を熱心にされ、私の活動をつねに親身になって支えてくださった友です。二〇一四年の八月四日のフィールドワークで、広島は珍しく雨が降ったので、中学生の参加者は学校から不参加命令が出て（事故を心配して）来なかったのですが、そのことを書いた文章（「往復書簡」第Ⅱ集）で、八〇代の参加者が「このくらいの雨で近頃の子どもはなんねえ」と怒った話を書いていますが、その怒った八〇代の女性が戸田さんです。

元気だった戸田さんが、昨年年明けから急に体調がおかしくなり、結局すい臓がん、大手術をやり手術は成功した、はずなのですが、腰痛がひどく、再発と分かり、私は撮影がすんだら彼女のところに飛んでいこうかと思っているのですが、とても心配です。たくさんの友が先に逝ったのですが、彼女のことを思うと叫びだしたいくらいです。長生きするのはいいことかもしれませんが、多くのゆかりの人を失うことでもあるのですね。でも、またそれだけに、生きている間は全力でしっかり生きなければと思うのです。

今回はここでやめるはずでしたが、新ニュースを知りました。沖縄の摩文仁の平和記念公園に「全学徒隊の碑」ができ、除幕式があったというニュースです。沖縄戦での学徒の悲劇はひめゆり隊や鉄血勤皇隊など有名校のことはよく知られていますが、全部の学徒が動員され悲惨な目にあっているのです。有名校は「力がある」ので、記録や文集を出せますが、弱小校はできません。戦争の悲劇が有名校だけの記録に終わるのは問題だと思っていました。広島の疎開地作業動員学徒の悲劇も同じです。国民学校高等科のことなど誰も知りません。この記事を読んで、私は、沖縄はやるな！　と思いました。沖縄の場合、元学徒の要望を聞いて県がつくってくれたそうです。

これまで、平和資料館の展示にきちんと入れてもらうことのみを考えていましたが、「そうか、碑があったら」と思いました。広島でも運動できないかしら。広島市が作ってくれるなど考えられないですね。でも何とかできないものかと途方もないことを考えています。

●中山士朗から関千枝子さまへ

今回、四度目のペースメーカーの電池交換手術を受けましたが、四度目ともなれば、感染症が気遣われ、そのために抗生物質による治療がほどこされました。その副作用によって、入院中もそうでしたが、退院後も食欲がなく、まったく食事を摂ることができず、体重も五キロも減ってしまい、痩せ衰えてしまいました。鏡に映る自分の顔になんとなく死相が現れているように感じられたものでした。手術後にはたびたび血液検査が行われましたが、白血球の数値は良好とのことでした。けれども、動悸、息切れ、めまい、食欲不振が続き、退院後一週間経ってようやくそうした症状が治まり、少しずつ食事が進むようになりました。

関さんとの往復書簡が始まった当初、蜂窩織炎に罹り、入院したことがありました。この病気は、皮下及び深部の密度の粗結合組織中に起こる急性の化膿性炎症のことをいうらしいのですが、つまり、私の体質は白血球の数値に影響を受けやすいということなのでしょう。

そのようなことをあれこれ回想しておりましたら、昭和三十五年に「被爆者健康手帳」の申請をした際、医師の診断書に白血球の数値の異常が記入されていたことがふと思い出された次第です。そして、現在八十六歳になるわが身を振り返りますと、今更、そのことを嘆いていても仕方がなく、あるがままに生きるしかないと思っております。

ここまで、今回の入院中の憂鬱なことばかりを書いてしまいましたが、その反面、私は別府によって生かされた自分というものを強く感じないではいられませんでした。

私が四十三年間住んだ東京から、まったく誰一人知った人のいない別府に移って来たのは、平成四年のことでした。その直後に、右心房完全ブロックによる心機能不全で倒れ、急遽入院となり、人工心臓ペースメーカーの埋め込み手術が行われ、私の命が保たれたのでした。東京にいた時分にも、会社、自宅、通勤途上で失神発作を起こしましたが、すぐに検査ができなかったために、その原因が通っていた大病院でも解明されませんでした。

別府に移住するに際して、知人から紹介してもらったのは、新別府病院の循環器内科部長でしたが、通院するようになって間もなく倒れたのでした。その手術を担当してくださったのは、私が現在診てもらっている、定年後に別府温泉病院に移られた中尾先生、そして現在は新別府病院の院長となっておられる中村先生でした。

別府市内には現在、内竈に独立行政法人国立病院機構・別府医療センターがあり、鶴見には国家公務員共済連合会・新別府病院があります。前者は戦前には陸軍病院、後者は海軍病院でした。私がペースメーカーを植え込んでもらった新別府病院は、通院をはじめた当初は、質素な木造建物でしたが、その後改築が重ねられ、一年ほど前に新型救命緊急センター、日本医療機能評価認定施設としての立派な病院が完成しました。私は今回その新しい病棟に入院し、その恩恵を受けたのでした。そのエントランスホールの正面の壁には、

Science & Humanity
科学する心と人間愛

「理念」の言葉が掲げられていました。

このたびの入院で、別府によって生かされたと強く感じるようになったのは、私が二十五年前に通院するようになった頃からの人々に出会ったからです。時を同じくして病院のレントゲン技師として配置された人と、今回の入院中、看護師に付き添われてレントゲン室を訪れたときに偶然出会ったのでした。パソコンで受付患者の名前を見て、驚きの眼でもって私を見つめ、私と十六年前に亡くなった妻の名前を言い、妻が私より十四歳年上であったことや、レントゲン室に通っていた私たちの様子をよく記憶し、話しかけてくれました。私も一目見た瞬間に、彼だとわかりました。こちらは相手一人の記憶ですみますが、彼は無数の患者を相手に記憶しなければならないなかで、私たち夫婦の名前と杖を突いて歩いていた妻の行動を即座に語った記憶力には驚嘆しました。それとも、私たち夫婦がよほど変わった組み合わせとして記憶に残っていたのかもしれません。恐るべきことであります。

また、手術が終わって間もなく、メーカーからの最終チェックがありましたが、その担当者は、二十五年前の植え込み手術のときにも立ち会ってくれた人でした。正確に機能していることとを告げたあとで、「今度の機器は十年より少し先まで持ちますよ」と言いました。十年先になると、私は九十六歳になりますが、そんな年齢まで生きてはいたくないと思います。

私が別府によって生かされたという思いは、別府に移住して来たことによって、瀬戸内海を通じて広島を客観的に、冷静な目で捉えて作品が書けるようになったことではないでしょうか。『原爆亭折ふし』で日本エッセイスト・クラブ賞を頂けたのも、その後多くの短編小説やエッセイを書き残すことができたのも、またそれらの仕上げとして関さんとの『ヒロシマ往復書簡』を書き続けることができたのも、生かされたお陰だと思っています。

7

「伏流水」は友と次世代へ

二〇一七年四月

●関千枝子から中山士朗さまへ

広島の旅から帰ってきましたら、FAXに中山さんからの原稿が入っていて安心いたしました。それにしても、ペースメーカーの入れ替え手術は、大変な手術なのですね。でも、ようやく食欲が戻られたそうでほっと致しました。

三月末から四月初めまで、松島和子さんの映像取材で広島など約一週間付き合いました。大変充実したいい旅だったのですが、それはまた次に書くとして、戸田照枝さんのお見舞いに行った話を書きます。これは、中山さんのお手紙の「命」「健康」に関して、どうしても書いておきたいからです。

前の通信で書きました通り、戸田さんは国泰寺高校時代からの友です。彼女とは高校卒業後も仲の良い「遊び仲間」だったのですが、その後しばらく無沙汰が続いたのち、久しぶりにあった時、彼女はクリスチャンで、ＹＷＣＡ「朗読の会」の中心メンバーで大活躍でした。原爆の詩や手記を朗読する活動です。小さなグループですが、被爆者としてこれだけはという彼女の思いが分かりました。

私のフィールドワークにも毎回協力していただき、私の本や、『ヒロシマ往復書簡』も何冊も友人たちに贈ってくださいました。ここ数年、お元気だった彼女が、前述の通り、昨年病気に倒れました。手術は成功したということにやや安心し、大手術の後だし、しばらく休養が必要だからと考えて、お見舞いに行かなかったのです。

昨年夏のヒロシマ、私はやるべきことはすべてやったと書きましたが、彼女のお見舞いだけは果たせなかったのです。それが、秋が深まってからですが、体重がいっこうに増えない、どうも体調が回復しないというのです。それは、あまりよくないと心配していたのですが、がん再発の宣告を受けてしまったのです。三月まで命を保証すると医者が言ったという電話を受け、私は「四月初めに広島に行くからそれまで死んだらだめよ！」と叫んだのですが。昨年、彼女に会いに行かなかったことをどんなに後悔したか。人は会える時に会っておかなければならない、つくづく思いました。

戸田さんは、腰がひどく痛むと辛そうなので心配していました。ところが三月も末になって、県病院の緩和ケア病棟に入ったというので、よかったと思いました。緩和ケアの専門ですから痛みを止めるために最大のことはしてくれるでしょうし、何より場所がいい。県病院は私の広島時代に住んだ宇品の家のすぐそばです。戦前、ここは陸軍共済病院で、私は、そのころからなじみの病院です。戸田さんの家も宇品一七丁目（当時）、宇品は二人の古戦場です！

とにかく、広島の旅の合間をぐって、どんなことがあっても戸田さんの見舞いに行こうと思っていたのですが、このことを知ったNHKの出山さんが、戸田さんに会って、彼女の話に感激し、県病院の院長（もしかしたら副院長）に交渉、私の見舞いをNHKが取材（ついでに松島さんも取材）することに仕掛けてしまったのです。

四月三日、午後一時、県病院に行きました。行ってびっくりしました。病院は奇麗になっているし、緩和ケアの部屋の立派なこと、広いこと。彼女のベッドの脇に大きなソファーがあって（ここで時々戸田さんの娘さんが泊まる、つまりベッドに使えるような立派なソファーです）。その周りも広々。普通の病室なら四人分のベッドが入るくらいの大きさです。この設備で大変お安いそうで感心してしまいました。彼女も緩和ケアの処置がいいのか、腰の痛みも今日は全くないということで顔色もよく、声にも張りがあり、うれしかったです。

病室からベランダに出てみると、県立大学の裏門が見えます。ここは昔、広島女専の表門、そう、女専の中に校舎があった第二県女に通う私たちが毎日通った門です。なつかしい！

戸田さんは、この大取材に、少し戸惑い気味でしたが、戦争中五人のお兄さんのうち四人を亡くした話をしました。何も入ってない白木の箱で帰って来ました。戦争中、戦死は名誉の死、人前では泣いてもいけないのですが、夜、お母さんが、白木の箱を抱いてワーッと泣いた、その泣き声を今も忘れることができないと言われました。

彼女は当時第三国民学校の生徒だったのですが、あの年の七月になって、広島市内の国民学校高等科から一人ずつ四〇人が選抜され、国鉄の仕事で無線の仕事をさせられていたそうです。

あの日は、広島駅のそばの国鉄の建物で被爆し、倒壊した建物の下敷きになったそうです。彼女は運よく抜け出たのですが、友達は出られない人が多かった。大谷さんというとても素敵な友がいたのですが、彼女を助けることができず、逃げるしかなかった。友を救えなかったことが彼女の心を痛めました。各校一人ずつの選抜ですし、職場では学校と違い、全員の席が近いわけではないので、互いの名前も覚えられない。たまたま、大谷さんは名前を覚えた人だったそうですが、どこの学校から来たかどこに住んでいるかも知らない。どうして彼女を救えなかったか、それを戸田さんはずっと気にしていて、自分を罪深いと思い、その思いが彼女を教会に足を向けさせ、クリスチャンになった動機だそうです。

戸田さんとは高校三年以来六十八年の付き合いですが、こんなことを初めて知りました。高校のころ、原爆のことはお互いにあまり話さなかった。それはみな辛い思いをしている、互いに聞かないでそっとしておく方が思いやりという気持ちでした。そんな思いを抱えながら、あの高校三年生の一年は愉快で楽しかったのです。高校の男女共学の一期生、新しい民主主義の教育の最先端を行く思いがあったからです。彼女がそんな苦しみを抱えていたとは、まったく知りませんでした。

「とにかく戦争だけはいけません。平和こそ大切」。彼女の「遺言」のような言葉、ＮＨＫの方にも、松島さんたちにも、ずしりと響いたと思います。

東京に帰ってきたら、戸田さんから電話がありました。思いがけない「大取材」に「うちは上がってしもうて、もとらんことをいって……」と戸田さんがいうので「「もとらん」どころではない、すごくいいこと言ってくださってありがとう、もとる、もとる」と言ったのですが。出山さんにその話をしたら、彼、「もとらん」、という広島弁を初めて知ったそうで。思わず吹き出してしまいました。このごろ広島の人も、正統的広島弁をあまり使わないですからね。

あまり長くなってもいけませんので、松島さんたちとの「旅」のことは次の便で書きますが、今回、松島さんたちの映像撮影のこと中国新聞と朝日新聞に通知しておきました。フランス人による原爆取材は珍しく、記事になると思ったのです。朝日新聞は広島支局の原爆取材のトップの岡本玄記者に伝えておいたのですが、岡本記者は四月一日から東京に転勤、代わりに取材に来てくださったのが、なんと中山さんが、その記事を「往復書簡」第Ⅲ集の最後で紹介された宮崎園子記者だったのです。宮崎さんは被爆三世で原爆に熱心なのですが、今回大阪から広島に転勤するにあたり、夫（彼も朝日の記者だそうです）といっしょに転勤ですって。朝日も味なことをするようになったなあと感心しました。宮崎さんは二歳と三歳のお子さんがあり、今日は夫が保育所に迎えに行ってくれますからと自転車でさっそうと現れたのには驚きました。そういえば松島さんも二人の子持ち、下の子は二歳です。歳も同じくらい（四〇代）、後輩たちの頑張りに感服です。中国新聞も女性の記者が取材してくださりとても熱心でした。この方も同じくらいの年齢です。被爆三世世代の女性たちの真剣な取材に接して、私も身が引き締まりました。

●中山士朗から関千枝子さまへ

お手紙を読みながら、本当に良いお仕事を残されたと思いました。

戸田照枝さんについては、以前、往復書簡の中で書いておられたので、記憶に残っていましたが、このたびその生涯について語られているのを知り、同じ被爆者として心にしみるものがありました。

関さんのお見舞いが機縁となって、県病院の緩和ケア病棟でのＮＨＫの出山さん、関さんの『ヒロシマの少年少女たち』を通じての映像取材で広島に訪問中のパリ在住の松島和子さんも加わっての取材になったようですが、わけても、被爆して後の彼女の生きてきた時間を知るにおよんで、心打たれました。そして、遺言とも思える「とにかく戦争だけはいけません。平和こそ大切」という言葉に被爆者の切実な叫びが伝わってくるのを覚えました。おそらく、その言葉を聞いた人の胸のうちに響いたと思います。

この話を聞いた時、私たち『ヒロシマ往復書簡』の第I集の終わりに関さんが、家の近所に住む、鶴見橋で被爆し、顔にケロイドの痕を残した女子商生徒（和田雅子さん）の話を書いておられたことを思い出しました。それを読まれた中国新聞の西本雅実さんが「ヒロシマの少女たち」というシリーズで取材された記事を送ってくださいました。その中に和田さんの被爆後の生涯が描かれていました。和田さんは、原爆乙女として渡米し治療を受けて帰国しましたが、その後、アメリカで治療中の身元引受人となってくれた家庭からの支援を得て、大学で学び、資格を得て介護の仕事に携わる生涯が描かれていました。

彼女が最後に私たちに伝えたのは、

「戦争のなかの死は、死ではない。平和の中の死でありたい」

ということでした。

こうしたことから思われるのは、いつかも書きましたように、お二人に共通しているのは一つところに精いっぱい咲いている姿です。凛とした、一輪の花の姿です。

そして、関さんが東京に帰られてからの電話のやりとりの中で、

「思いがけない大取材に、うちは上がってしもうて、もとらんことを言って……」

それに対して、関さんは、「『もとらん』どころではない。すごくいいことを言ってくださってありがとう、もとる、もとる」と、応じたのでした。

「もとらん」はへたくそ、不器用、要領が悪い場合を指して言う広島弁です。

「わしゃあ、何をしても、もとらんけえのう」

「お前は、本当にもとーらんのう」

「わしの手は、もとーらんでのう」

ですから、その意味を聞いて、NHKの出山さんが吹き出されたという話から、私が初めての本『死の影』を出したとき、阿川弘之さんから頂いた、序文の中の文章をふと思いださずにはいられませんでした。

　地味な作風の中に、かすかな苦いユーモアがある。原爆を描いてユーモアが生じるのは奇異なことのようだが、これは著者の静かなゆとりのある眼、なかなかの文学的資質を示すものであろう。『死の影』のなかの中学生と看護婦、中学生と母とのやりとり、広島の方言の会話にはあるおかしみのこもった涙を催さずにはいられない。広島人というものがよく書けている。扱っているのは異常の体験だが、中山さんの作品に出てくる人物はごくごく普通の広島の人たちで親しみがもてる。

私の作品に関することを引き合いに出して恐縮ですが、恐らく戸田照枝さんの大取材もこうした内容で進んだのではないかと想像しております。

また、被爆当時、戸田さんは、第三国民学校の生徒とありましたが、戦後はじめて広島一中が仮校舎で授業を再開したのは、その第三国民学校の校舎でした。翌年、江波の旧陸軍病院跡の仮校舎に移るまでの短い期間でしたが、真冬の寒さの中を渡し船に乗って川を渡り、焼け跡のなかの道を歩いて通ったことがまだ昨日のことのように思い出されます。

その後の戸田さんのご容態は、如何かと案じております。

お手紙の終わりに、広島で朝日新聞の宮崎園子さんにお会いになられたことが書かれていたのには驚きました。しかも、ご夫婦揃っての広島支社転勤とのこと。松島さんと関さんの出会い、私たちの『ヒロシマ往復書簡』を通じての宮崎さんとの出会い、このたびの戸田さんとの出会い、これまでの数々の出会いは、伏流水がまさに源流となって川の流れを形成し、次代の海に注がれて行く様を見る思いがします。

手紙に添えて、久しぶりに「核なき世界をめざして」のブログに掲載された岡村さんの「〈原爆の図保存基金〉へのご協力お願い」の文章がありましたが、これに関しては、この四月一六日の朝日新聞によって、「原爆の図」が虫食いで傷んでいる様子を知りました。そのため、同館は温度・湿度管理や防虫対策が出来る新館建設を決め、基金への寄付を呼びかけている。目標は五億円。問い合わせは同館とありました。

被害は、同館所有の一四部全てに広がっているということなので、以前のお手紙で「もう一組の原爆の図」の存在を知りましたが、そちらの方は無事で良かったと安堵しております。

後日、保存のための私のささやかな貧者の一燈を献じたいと思っています。

8　歴史を忘れた人びと

二〇一七年五月

●関千枝子から中山士朗さまへ

本来なら、この前に書けなかった松島和子さんのヒロシマ取材旅行の報告をすべきなのですが、ここへ来て怒りがこみあげることばかりが続き、先にそのことを書いておきたいと思いました。

松島さんたちが日本に来る直前の三月二七日、国連で核兵器廃絶条約（協定）を結ぶための会議が開かれたのですが、日本はアメリカの核の傘で護られている国として、このような条約はかえって逆効果と席を立ってしまいました。日本の席に「あなたにここにいてほしかった」と折り鶴が置かれました。本当に恥ずかしかった。「ヒロシマ・ナガサキに来てください」とオバマ前大統領を広島に呼んだあの大騒動、何だったのでしょうね。

松島さんたちの取材を無事終えたのち、四月二二日、二三日、長野県阿智村の満蒙開拓平和記念館のツアーに参加しました。竹内良男さんが主催するこのツアーは、ご存知のように、昨年は果たすことができませんでした。この記念館にはぜひ、多くの人に行ってもらいたいと思い、再び申し込みましたところ、今回は三十二名の参加者があって大成功でした。竹内さんの関係で広島からも平和記念館のボランティアの方など多くの方が参加されました。

長年、この問題を取材調査してきた斎藤敏恵さんという方がおられるのですが（前にもこの方の話を伺ったことがあります）、「国策」に惑わされ、あるいは仕方なくいった民の悲劇。「国策」は「お国のため」であっても「民」のためでは全くなかった、とその怖さを言っておられたのが印象的でした。

さて、このツアーで昨年と大変わりしたことは、記念館への入館者が大きく増えたことです。これは昨年秋、天皇、皇后の訪問があったためで、例の「戦争の傷痕」を訪ねる一環ですが、それで入館者が一挙に増えたようです。私は天皇皇后の訪問、悪いこととは申しませんが、館に貼られた天皇来館の時の新聞を見て呆れてしまいました。

館の前に集まった大勢の人々がもつ横断幕に「奉祝　天皇、皇后陛下…」とあります。来館を喜ぶのはいいでしょう。しかし歓迎、でなく、「奉祝」とは何でしょう。そして人々は日の丸の小旗を打ち振っています。

こんな横断幕を集まった人々自身が用意するはずはありません。誰かが用意したのでしょう。しかし「奉祝」とは⁉　戦後、天皇が「象徴」になったことをわかっているのでしょうか。日の丸の小旗は神社庁が配ったものだと聞きました。戦中、満蒙開拓、村々からの入植も少年義勇軍も、そして「大陸の花嫁」も「日の丸」の旗の下に行われたのです。「王道楽土」を築くと教えられて。そして最後は惨憺たる悲劇となるのですが、この日、天皇、皇后の来館を「奉祝」して集まった人々は、日の丸に何の違和感も持たなかったのでしょうか。歴史をすぐ忘れてしまう日本人、と思わざるを得ません。

そうこうするうち四月二八日、「安倍靖国参拝違憲訴訟」の判決がありました。同趣旨の裁判が大阪で行われていて、こちらはすでに高裁判決まで進みひどい判決でした。ですから、東京地裁の判決を私はまったく期待していませんでしたが、この日の判決の酷さは、想定外のものでした。安倍首相の靖国参拝はどう見ても公式参拝で、憲法二十条違反だと思いますのに、直接国民の権利自由を保障するものではないと、訴えを却下（つまり、門前払いということだそうです）。参拝差し止め、平和的生存権侵害（損害裁判）は棄却。要するに憲法判断は全くせず、多くの原告の「損害」の訴えも簡単に退けてしまい、安倍首相の参拝後のインタビュー「英霊に哀悼の意を捧げ恒久平和、不戦を誓った」など安倍首相の言うことのみを長々と書いて、まさに安倍首相に寄り添った答弁でした。三権分立どころか、行政べったりの「迎合」、恐ろしくなる判決でした。

そして、五月三日の憲法記念日、安倍首相は、はっきり期日目標まで出して改憲を言いました。彼は、自分の任期内に何としても祖父、岸信介以来の、憲法を変える念願を果たしたいのだと思います。

一方、岸田外相はＮＰＴ（核拡散防止条約）会議に出席しています。いろいろ「現実的」な核を減らす対策などを口にしているようですが、アメリカの核の傘の下にいながら、何を言おうと、世界は日本の態度にあきれ果てています。

岸田外相の動きも、北朝鮮の動きと無関係でないように読み取れます。北朝鮮のようなやり方はまったく困ったものですが、先日のミサイル騒ぎ。あれで、東京の地下鉄が一〇分ほど止まったのには驚きました。避難訓練などをしているところがあるとか、私はこれは行き過ぎと思いました。緊張が高まっているとき、何か別の企みが働いて、戦闘が始まる。その恐ろしさは、戦争を体験した世代として、私は「力の平和」でない本当の「恒久平和」をもっと叫ばなくてはと思うのです。

実は、靖国判決の前の日から、私はのどをやられて体調を崩しました。昨年の九月も風邪をひいたのがなかなか治らず困ったのですが。あれ以来です。なかなか治らないので薬が増えたのですが、のどが少し良くなったと思ったら食欲不振。これには困りました。ものが食べられない苦しさを味わいました。結局薬の副作用と気が付き、危ない薬をやめてしまい、ようやく食欲が少し戻ってきました。中山さんの心臓ペースメーカー入れ替え後の体調の悪さを思いました。のどが痛くてものが食べられず、またかんきつ類など酸味のきつすぎるものも具合悪く、トマトで助かりました。被爆後、火傷で口の中まで焼いた人々が唯一食べられるものがトマトでした。トマトは「滲みない」で食べやすいのですね、そんなことを思いながらトマトを食べています。

●中山士朗から関千枝子さまへ

このたびの関さんのお手紙を拝見しながら、私自身が日ごろ感じていることの鬱憤が一挙に吹き上がってくるのを覚えました。このところ、新聞、テレビで報じられる内外のニュースを見たり聴いたりしながら、気分は暗澹とするばかりです。

何か救いようがない、人類破滅、ひいては地球崩壊につながっていく恐れさえ感じさせる、病める国内外の政治家たちの発言を聞いておりますと、まさに世紀末の訪れを感じずにはいられません。よくよく考えてみますと、この狂った政治家たちに共通しているのは、戦争体験がなく、力によって強い国をつくり、国民を守るという口実のもとに軍備を増強し理不尽にも事を構えることに、何ら躊躇することはありません。

現在、米朝間（日本も含めてですが）の現状を見ていますと、今から七十六年前に始まった太平洋戦争のころの日本を思わずにはいられません。

同時に、その戦争はオバマ前大統領が広島訪問の際に、「七十一年前、雲一つない明るい朝、空から死が落ちてきて、世界は変わった。閃光と炎の壁は、都市を破壊し、人類がを自ら破壊するすべを手に入れたことを実証した」とスピーチしたように、原子爆弾という取り返しのつかない破壊兵器をもたらしたということも。

そして、国連での核兵器廃絶条約（協定）の動きにも関係なく、その使用、開発が公然と語られる現在の世界情勢のなかにあって、私たちが五年かけて綴った『ヒロシマ往復書簡』は一体何だったのだろうかと、自問自答したのでした。

その時、以前、「往復書簡」の中で、円覚寺管長・横田南嶺さんと親交のあった坂村真民さんの、『坂村真民全詩集』の中の「バスの中で」という詩を引用したことを思い出しました。

この地球は一万年後／どうなるかわからない／いや明日／どうなるかわからない／そのような思いで／こみあうバスに乗っていると／一人の少女が／きれいな花を／自分より大事そうに／高々とさしあげて／乗り込んできた／その時／わたしは思った／ああこれでよいのだ

／たとい明日／地球がどうなろうと／このような愛こそ／人の世の美しさなのだ／たとえ核戦争で／この地球が破壊されようと／そのぎりぎりの時まで／こうした愛を／失わずにゆこうと／涙ぐましいまで／清められるものを感じた／いい匂いを放つ／真っ白い花であった／

また、別の「何かをしよう」の詩には、

何かをしよう／みんなの人のためになる／何かをしよう／よく考えたら自分の体に合った／何かがある筈だ／弱い人には弱いなりに／老いた人は老いたなりに／何かがある筈だ／生かされて生きているご恩返しに／小さいことでもよい／自分にできるものをさがして／何かをしよう／一年草でも／あんなに美しい花をつけて／終わってゆくではないか／

最初の「バスのなかで」の詩をあらためて読み直しておりますと、その先見さには驚嘆せざるを得ません。そして、私たちの「往復書簡」が〝生かされて生きているご恩返しに〟自分にできることをなしたまでだ、という気持ちになることができたのでした。

関さんのお手紙のなかに書いてありました、長野県阿智村の満蒙開拓平和記念館における天皇・皇后両陛下を迎えた際の横断幕に「奉祝　天皇、皇后陛下」と書かれ、日の丸の小旗を振って迎えたという話に、私はふと昭和一五年十一月一〇日に宮城前広場で天皇・皇后両陛下の臨席のもと、「紀元二千六百年」の大式典が催されたことを思いだしました。五万人の国民が広場に集まり、「君が代」を斉唱したという記録が残っています。総理大臣近衛文麿が壽詞（お祝いの言葉）を、高松宮宣仁親王殿下の奉祝の詞が奏上されたと報じられています。この様子はラジオが中継で全国に放送し、電飾電車が走り、提灯行列、旗行列が日本各地で華々しく繰り広げられたのでした。

戦後七十二年経た今も、こうした気風が国民の間に根付いているとは私には思えないのです。ましてや、象徴としての存在となられた天皇とともに皇后が長年続けておられる戦跡訪問の旅は、戦死者の霊を慰め、平和を誓うことに心を寄せられたものと私は思っています。関さんが原告の一人になっておられる「安倍靖国参拝違憲訴訟」の判決文に、「英霊に哀悼の意を捧げ、恒久平和の誓いを誓った」という引用の個所がありました。

広島の原爆慰霊碑の前で、「先ほど、私とオバマ大統領は、先の大戦において、そして原爆によって犠牲になったすべての人々に対して、哀悼の誠をささげました」と語っている安倍首相の言葉同様に空しさが感じられます。なぜならば、その後に、「日本と米国が力を合わせて世界に希望を生み出す灯火となる。この地に立ちオバマ大統領とともに、改めて固く決意します。そのことが広島、長崎で、原子爆弾の犠牲になったあまたの御霊の思いに応える唯一の道である。そう私は確信しております」と語り、日米同盟が世界に希望を見出す同盟であることを強調しました。その言葉は自衛隊の海外派遣を可能にしたのでした。そして最近では、米国の北朝鮮への空母出撃に際しては、護衛艦を派遣したのでした。つまり、日米同盟は軍事同盟にほかならず、日本列島は、日米間の防波堤と化していくのではないかという恐れが私にはあります。

関さんの手紙にもありましたが、先日の北朝鮮のミサイル発射情報などで、主要鉄道の九割が「停止」し、市民生活に影響が出たことが新聞に報じられていました。なかには、化学兵器を恐れて、換気扇を止めることを決めた地下鉄もあるということでした。今後、さらにこうした問題が身近に発生してくるものと思われます。

9

読み継がれ、語り継がれる著書

二〇一七年六月

●関千枝子から中山士朗さまへ

今回のお手紙は訃報から書きはじめます。

被爆後五十年の年に被爆体験を語られた岡田悌次さんが亡くなられました。

岡田さんは、戦争末期に東京の都立五中からお父様の転勤で広島一中の四年生に転入。そのまま勤労動員先の江波《えば》の旭製作所で働いておられました。八月六日、原爆後、幟町《のぼりちょう》の自宅に帰ってみると、家は全焼、これは父母も危ないと思ったそうですが、栄橋に避難していることが分かり、両親とともに一晩栄橋の下で過ごしたそうです。岡田さんのお父さんは、興銀の支店長ですから出勤が遅く、まだ家にいらして無事だったわけですが、支店にいた銀行員七人は全員死亡。この中に濱田平太郎さんのお姉さんもおりました。濱田さんが、後に岡田さんのことを知り、私は頼まれて岡田さんを紹介したのですが、被爆後六十年以上も経っているのに、岡田悌次さんはすぐ支店の犠牲者を「七人」と言われたそうです。濱田さんも感激しておられました。岡田さんのお父様は、自分が出勤時間が遅くて助かったのに、行員は全部死んだことに、苦しまれていたのではないか。だから七人という数を、常に口に出されており、岡田さんもそのことを覚えておられたのだと思います。

岡田悌次さんは戦後割合早く東京に帰られ、都立五中に復学されるのですが、原爆のことを語ることはなかったようです。成人して銀行員になりますが、ずっと被爆体験は沈黙だった。それが被爆五十年のとき、国立の平和祈念館から被爆体験を求められた。この時初めて体験記を書くことを決意されました。この時、私はある友人から岡田さんを紹介され、一中の被害のデータなどを少し教えましして、それで岡田さんと知り合いました。

岡田さんは書き上げた手記を英語、フランス語、ドイツ語に訳し、祈念館に提出されるのですが、その時ドイツ語訳を手伝われたのが、岡田さんと都立五中で同級生の河勝重美さん。都立五中は一年のときにクラスが決まるとずっとそのままクラス替えがなく上に進んだようで、同級生は大変仲がいいそうです。

河勝さんは、その翻訳で原爆に関心を持たれ、原爆にのめりこんでゆき、河勝さんと私の縁ができるのです。その後さまざまな河勝さんの原爆の本は、都立五中の同級生の岡田さんと栄久庵憲司さん（グラフィックデザイナー、実家が広島のお寺で、山中高女在学中の妹さんをなくされた）との友情と援助によって刊行されます。

そもそもの出会いの元となった岡田さんは洒脱な紳士で、お体の悪いことは聞いていましたが、亡くなったことはとても残念でした。

もう一つ残念なこと。中山さんのところにも行かれたNHKの出山さん、今度大阪局に転勤が決まってしまいました。彼、自分から広島局を申し出られて、三度目の広島という方です。おそらく出山さんは定年まで、広島にいたいと思っておられたのに、二年にして転勤とは。

思わず「あまり私のこと、色々取り上げてくださったので、罰を食らったのでは?」と言ってしまいましたが、人事の「玉突き現象」ということのようで、これは「宮仕え」の辛さ、仕方ないのでしょう。お連れ合いも原爆のことで、熱心に仕事されていますし、お子さん方の学校のこともあり、出山さん一人大阪に行き、家族は広島で暮らすようで、〝お気の毒〟です。

でも、とてもいいこともありました。先日某テレビ局の方から、連絡がありまして、私の『広島第二県女二年西組』を番組にしたいというお話がありました。なんでも、あの本が出たころ、私を取材したことがあって、横浜の山下公園でお会いしたそうです。私は覚えていないのですが、彼は私の本のことを記憶にとどめておられて何とか番組にしたいと言われるのです。大変うれしいことですが、もう六月、少し遅いのではないかと思いましたら、来年に向けての構想だそうです。驚きました。こんな話が実現するかどうかも、まだわからないのですが、自分の仕事に自信が出てくるような気がします。

そのような折に、奈良県生駒の熊本一《はじめ》さんからうれしい連絡が入りました。六月二日から四日まで、博多で「全国シニア演劇大会」が開かれたのですが、そこに参加出演された報告です。今、全国で高齢者（定年後）演劇をしようというシニア演劇が盛んで、今度、その大会が開かれたらしいのですが、生駒と大阪でシニア演劇塾を開いておられる熊本さんは、生駒の方の「らくらく演劇塾」を引っ提げて参加。『広島第二県女二年西組』を上演されたのです。前にも報告したと思いますが、三〇年くらい前、関西芸術座という関西一のプロの劇団で「…二年西組」を上演してくださり、関西の有名な方の脚色で大好評だったのですが、芝居としてのうまさと別に原作者として少し、思いの違いがありまして、私ならこういう風に書くのだが、という素人脚本を書いて熊本さんに渡したのです。私がこんなことをしてもどうなるものでもなく、そのままになったのですが、驚いたことに熊本さんはこの素人脚本をそれから四半世紀も保管しており、二〇一五年に、今年こそあれを上演しようと言ってくださったのです。元の脚本より少し縮めたのですが、靖国の問題もきちんと入れたものを二〇一五年一二月に大阪のシニア劇団「豊麗線」、二〇一六年三月に生駒の「らくらく演劇塾」で上演してくださいました。いずれも熊本さんの高齢者演劇塾の教え子たちです。

今度の博多には生駒のメンバーを連れて参加してくださいました。私も博多まで行ってみたかったのですが、果たすことは叶いませんでした。熊本さんからはとてもよくできたと報告がありましたので、「皆さん二回目で上手になられたのですね」と言ったら、そうではなく、「うまくやろうと思うな、心を理解せよ。と言ったらよくなったのです」とのことで、私も感激してしまいました。

この大会、北海道から九州まで全国から参加していますが、近頃流行りのお笑いのような劇が多く、その中で、「大真面目硬派の異色のドラマ」だったそうですが、観客席から見て感動した福岡の劇団（これから立ち上げるところ）が、八月の立ち上げ公演にぜひこれをやりたいと言ってこられました。熊本さんは、ぜひこの朗読劇を全国に広めたいと言ってくださっているのですが、確実に一つ広まったわけで、ありがたいと思っています。報告ばかりで長くなりました。

●中山士朗から関千枝子さまへ

関さんのお手紙によって岡田悌次さんの訃報に接したとき、二〇一四年に今田耕二さん、二〇一五年に栄久庵憲司さんが亡くなられたことを思い出しました。

それより少し前、五月三〇日の新聞で、岡ヨシエさん（八六歳）が亡くなられたことを知りました。岡さんは新聞ではじめて知ったのですが、「広島に原爆」第一報を伝えた人でした。

爆心地から一キロ圏内で被爆。当時、比治山高等女学校（現比治山女子中、高校）三年生で、広島城本丸の地下壕にあった中国軍管区司令部で軍施設や報道機関などへの警報の伝達を担当していました。壕の外に出て広島県福山市の歩兵連隊司令部に「新型爆弾にやられた。広島は全滅状態」と電話で伝えました。これが、原爆投下の第一報とされました。岡さんは戦後、被爆の後遺症で苦しみながら、当時の体験を伝え、平和を訴える講演活動に力を注ぎましたが、五月一九日午後九時二分、悪性リンパ腫のため広島市中区の病院で死去されたことが新聞で報じられていました。

こうした同年代の死を考え、関さんの『広島第二県女二年西組』が、「全国シニア演劇大会」で上演されたというお手紙を読みながら、アメリカの詩人ロングフェローの詩を思い起こしました。私の記憶ちがいでなければ、中学校で英語の時間に最初に習った言葉でした。

Life is short

Art is long

つまり、「人生は短く。芸術は長し」という詩の意味が、現実のこととして理解できるのでした。

このたび私たちの『ヒロシマ往復書簡』第Ⅲ集が発刊されましたが、その中で、

「『広島第二県女二年西組』（ちくま文庫）が増し刷りされました。ちょうど九刷で、「九」という数はなかなかいいぞとご機嫌です。考えてみますと、ハードカバーの初版から数えてちょうど三〇年です。原爆のドキュメンタリーや記録で三〇年生き続けているものは、そう多くありません。正直、うれしいし、今は影も形もない小さい学校の、小さなクラスの物語がこれからも読み継がれるよう、願っています。」

と、関さんは書いておられますが、芸術はやはり長しです。

今田さんにしても、岡田さんにしても、栄久庵さんにしても、中国軍管区司令部で働いていた岡さんにしても、被爆体験を後世に伝える仕事を残して逝ったのでした。こうした人たちのことを思うとき、「人生は短く、芸術は長し」という言葉の意味の深さを改めて感じています。この場合、芸術とは、その人が生涯かけて残した仕事と解してよいのではないでしょうか。

関さんが有限の命のなかで書き残された著書が版を重ねていることは、何よりもそのことをよく物語っているのではないでしょうか。

この手紙を書いている最中に、第Ⅲ集に書かせてもらった歌人の相原由美さんから、葉書が届き、偶然とはいえ、今、私たちが話し合っていることの内容が伝わったかのごとき文面でした。

ご縁があって御著『天の羊』を読む機会に恵まれ、今日、小雨の中、自転車で碑まで行ってきました。後ろの夾竹桃が大木となり、うす紅の花をつけていました。サイド・オマールさんの母を思う遺詠が身にしみます。お元気でいらしてください。

絵葉書にしつらえられた葉書の表面には、夾竹桃を背景に、興南寮跡の石碑が写されていました。南方特別留学生の銅板写真を埋め込んだ石碑の前には、花が供えられていました。『天の羊―被爆死した南方特別留学生』は、昭和五七年五月に三交社から発行されましたが、後に日本図書センター『日本原爆記録・一三巻』に採録されています。

相原さんからの葉書が届く前、関さんを通してのご縁となりました、ヒロシマ・フィールドワーク実行委員会の中川幹朗さんから頂いた葉書にも『天の羊』を熟読したとの文面がありました。そして、手紙の末尾には、相原さん同様に私の健康を気遣う言葉が添えられていました。

現在、私たちは、『ヒロシマ往復書簡』第Ⅲ集を完了したところですが、最近になって、私のこれまでに書いた作品を読んでみたいという声を耳にするようになりました。けれども、私の初期の本は、出版社が倒産したために絶版となっています。しかし、こうして三十五年前の本を探し出して読んでくださる方がいらっしゃることを知ると、作者冥利に尽きるというものです。そして、やはり仕事を残しておいて良かったと思っております。

パリに住んでおられる松島和子さんとの原爆ドキュメンタリー取材撮影のお話、楽しみにしております。また、テレビ局からの『広島第二県女二年西組』の映像化の構想、実現することを祈っています。いつか、余命わずかと言っておられましたが、私もそうですが、もう少し生きていなければなりません。

ＮＨＫの出山知樹さん、大阪局に転勤された由。先に朝日新聞の宮崎園子さんが広島総局に転勤されたことを関さんから聞いた時、私も関さん同様に、【記者有論／広島から思う】の記事を『ヒロシマ往復書簡』に全文引用させていただいたことが原因で左遷かと内心、心配しておりました。ところが、五月二七日の新聞に、「反核から今募る思い」と題して、オバマ氏広島訪問からの一年という大きな記事を書いておられ、また六月三日には広島平和記念資料館について、「リニューアル東館を歩く」と題して、被爆の記憶をどう伝えようとしているのか、館内を歩き、記者の目で「示し方」のありようを議論すべきことを提案されていました。こうした大きな記事を読んで、私の心配が杞憂であることがわかり、安堵しているところです。

10

「憲法に胸を躍らせた時代」生かされた命

二〇一七年七月

●関千枝子から中山士朗さまへ

東京は今日から梅雨明けです。梅雨明けと言っても、そもそも、今年梅雨があったの？　というほど東京はカラ梅雨続き、取水制限が始まるのではないかと言われています。九州では豪雨が続いているというのに、天気はまことに気まぐれです。そんな天気を映すかのように、日本の政治はもうめちゃくちゃな感じですが、最近、嬉しいこともありましたので、そのことから書きはじめます。

七月七日、私が世話人を務める女性「9条の会」で、私が強硬に主張して「戦争の始まり」を考える会を開きました。戦前の体験者が戦争の酷い体験はしっかり語るのに、戦争の始まりのことを聞かれると曖昧のまま。私の同級生なども、昭和一六年一二月八日までは日本は平和でいい国だった、など平気で言う人がいて驚いてしまいます。つまり中国との戦争のことをすっかり忘れている、日本の加害の歴史が忘れられている（若い人は本当に知らない）のは困ると、七月七日と九月一八日に集会を開くことを提案しました。重慶爆撃のＤＶＤを映写、その後、私が教育勅語のことを語ったのですが、はじめ「七月七日」と言っても、皆様まったくわけわからず、人が集まらないというので自分のブログでも宣伝して、四〇人も集まり、熱心に聞いていただけました。大学生も来てくれてうれしかったです。

奇しくも、この七日、国連で「核兵器禁止条約」が採択されました。内容も実に立派で、一二二か国もの賛成で成立、予想以上の国が賛同しました。カナダ在住のヒバクシャ、サーロー節子さんが「この日を七〇年待った」と言っておられたという報道に、私も胸が熱くなりました。被爆以来のいろいろな思いが胸に迫り、「ヒバクシャ」が持ち上げられすぎているような気がしましたが（被爆者でない人たちの反核のさまざまな運動もある）、ヒバクシャというと、政治的に中立、どこの政党にも属さないということで、ヒバクシャが核廃絶をいうと、超保守的な人びとも反対できない、ということもあります。

とにかく核兵器を、非人道的な兵器で違法と断じ、核抑止力だけではだめと、核による威嚇まで禁止したのですから、完璧です。この禁止条約を、非現実的と反対した日本（唯一の被爆国と言っているのに）、本当に恥ずかしい。岸田外相の「ヒロシマ・ナガサキに来てください」の弁がいかに空々しく、いい加減なものであるかがわかるというものです。これから核を持つ国々、その核の傘に依存し、遠慮している国々をいかに説得していくか、まだまだ大変ですが、とにかく歴史的第一歩にちがいありません。

七月一四日の朝日新聞【余滴】ではアメリカ総局長（元国際社説担当）沢村亙さんが、「憲法に胸を躍らせた時代」というタイトルで書かれたコラム、お読みになりましたか？ 沢村さんのお母様は、この一月に亡くなっていますが、広島での被爆体験を三万三千字も書いておられるのですが、それと別に『戦後』の手記があるそうで、当時、祇園高女の四年生だったお母様は一九四六年三月、「憲法改正草案要綱」が発表された時、クラスで新聞を持ち寄り、授業をしたと書いてあるのです。「戦争放棄」の言葉に驚きと喜びが交錯。権利という言葉に驚き、教室がざわめき、歓喜と興奮、「新時代の到来に胸が高まる」様子が書かれています。

沢村さんは、広島中の女学校で「憲法教育があったのか」と疑問を持ち、私に訊かれたのです。私は、

「それはないと思う、広島市内の学校は、あの当時まだ仮校舎だったり、分散授業をしていたり、まだ大変だった。私の第二県女も校舎が倒壊してしまい、広島女専に仮住まい、先生が足りないところは女専の先生が時々授業をしてくださっていた。そんな社会科の授業で女専の後藤陽一先生が、憲法草案のことを言われたので、私は、先生が「戦争抛棄《ほうき》」「象徴天皇」と黒板に書かれたことが印象的なのですが、たまたま後藤先生が若手の熱心な社会学の先生だったからでしょう。祇園高女は広島市外にある学校で、建物疎開作業には動員されていません。上級生が勤労動員先で被爆し、亡くなった方がおられますが、市内の学校より

は被害は少ない。もちろん校舎は焼けていない。だから　勉強もかなり充実していたのではないか。それにしても「憲法改正草案要綱」の掲載された新聞を生徒が持ち寄ったというのには驚きました。生徒自身で、こんな知恵が出たとは思えませんし「優れた教師」がいたのではないか」

と言いました。私は、当時まだ女学校の二年生、新しい憲法の先進性、臣民から国民（主権者）になったことなど、その時はさっぱりわからなかったのですが、沢村さんのお母様は、私より二年上らしく、かなり「新時代の到来」が分かっていたようです。沢村さんは、「アメリカ総局長になることは決定しているが、行く前にこれをコラムにしたい」と言っておられました。沢村さんは七月初めに赴任されたようですので、コラム掲載は赴任後になったのですが、約束はきちんと守ってくださいました。それにしても、「憲法に胸を躍らせた時代」という見出しも感服します。

一六日、日本子どもを守る会の「平和祈念集会」に参りました。『ヒロシマの少年少女たち』を読んで、とても喜んでくださった長田五郎先生（長田新先生の三男）がぜひ話すように言われ、私は、何をどう話すべきか迷ったのですが、やはりこの会も「核兵器禁止条約の採択の喜び」から始まりましたので、「原爆の子」のことから入りました。あの本がどんなに大変な時代に出されたか。朝鮮戦争の最中、レッドパージの嵐が吹きすさぶ中ですから。「原爆の子」のなかに、建物疎開作業の生き残りが何人か手記を書いていますが、その中の片岡脩さん、私の組の生き残りの坂本節子さんのことを語りながら、あの作業の意味、靖国合祀や、忘れられた国民学校高等科（朝鮮半島出身の子が多い）の話をし、また生き残りたちが核兵器廃絶、不戦を願い、真剣に生き抜いたことを語りました。

この日、私以外にも核兵器禁止の署名をとった高校生とか、さまざまな方が話をされたのですが、『原爆の子』の執筆者の一人、森滝（寺尾）安子さんがいらしていて驚きました。森滝市郎先生の娘さんで、今、広島で大活躍中の森滝春子さんのお姉様です。寺尾さんは、『原爆の子』初版のとき長田先生の家に招かれ、一人ずつ長田先生の署名の入った本を頂いたと、ボロボロになったその本と、例の『新しい憲法の話』（これは復刻版ですが）を持ってこられ、話をされました。私は、森滝安子さんが東京におられることも知らず、本当に驚きました。どの方の話もヒバクシャとしての思い、憲法の喜びの話で感慨深いものがありました。

もうこれで、いつもより長くなってしまいましたが、こんなことをしていますと、ずっとお約束していた松島和子さんのヒロシマ取材の話が書けなくなってしまいます。松島さんは八月三日から一〇日まで、またヒロシマに来られるそうですので簡単にしますが、三月末から四月にかけてのヒロシマ取材のこと、報告させていただきます。

松島さんたちは三月二九日来日、フランス人のカメラマン、日本人でスイスに住む録音の人と一緒。この二人は男性で、ユニークな取り合わせです。三〇日、まず丸木美術館取材、丸木さんは、原爆の図で第5部という早い時期に「少年少女」をテーマにしておられるのです。松島さんの映画にこれをオープニングに持ってこられるといいと思い、まずここに案内しました。

三一日には八王子の原爆資料室に行きました。場所も遠いし、小さな小さな資料室ですが、日本でただ一つの民間で運営している原爆の資料室だからです。ここには建物疎開作業で被爆死した広島二中一年生の豊島君の焼け焦げた衣類と豊島君のお母さんが被爆直後に大連にいるお父さんに出した手紙のコピーも残っています。こうした被爆衣類はもちろん広島の資料館に行けばありますが、ガラスケースの中の遺品を見るのと、ここのように生の衣類を手に取ってみるのでは全く迫力が違います。フランス人たちの取材班も、真剣なまなざしで衣類を撮影していました。

一日、早朝から新大阪へ。在来線に乗り換え、兵庫県の住吉で元日本生協連理事長の竹本茂徳さんのお話を聞きました。この日本の生協活動のリーダーは、あの時修道中学の二年生で、建物疎開作業で市役所のすぐそばに出動、市役所の陰になる所で弁当番をしていたため、奇跡の生き残りになるのです。竹本さんが、私のクラスと同じ雑魚場地区の生き残りとは知りませんでした。竹本さんも体の衰えはあると言っておられましたが、二時間しっかり話してくださいました。竹本さんのお姉さんは日銀に勤めており、お父さんが見つけて草津の自宅まで運びますが、重体。お父さんが庭のトマトを絞ってジュースにして飲ますとおいしいとごくごく飲み、七日の朝亡くなったそうです。

二日から学徒の慰霊碑回り。私のいつものフィールドワークと違い、平和通りの端から端まで。それと雑魚場地区全部を回るのですが、車を使いますし、一日で回れると思ったのですが、天候の悪かったこと、カメラの方がとても丁寧に仕事をなさるので時間が予想以上にかかったこと。さらに途中で別の用事が入って三日がかりの仕事でした。

別の用事とは、県病院入院中の戸田さんへのお見舞い（これはＮＨＫの出山さんの頼みもありまして）、国泰寺高校の放送部の取材があったためです。これも面白いと松島さんたちも乗り気で賛成、取材してくださいました。

まず、平和通りの西端から。広島一中三年生と広島第一県女一年生が働いていたところは平和大通りから少し北、小網町のあたりのようです。そこに郵便局がある。そこの脇に荷物（弁当）を置いたと、濱田平太郎さんに聞いたのですが郵便局はどうしてもわからず、あきらめたのですが、大体の位置はわかり撮影。ほかの学校（広島市立中学校など）は少し南、大通りのところにいたらしい（濱田さんの話）のですが、小網町から天満川を少し下った岸辺にある市中の慰霊碑に行きました。

私も市中の慰霊碑に行くのは久しぶりですが、よく掃除されていてきれいでした。この慰霊碑の下に市中の生徒らしい骨を埋めたと市中から来た国泰寺の同級生に聞いた覚えがありますが、本当に取っ手を付けた敷石がありました。骨を確かめますかと言ったのですが松島さんはためらわれ、そのまま西に向かって走りますが、後日、フランス人のカメラマンは確かめたいと言い、彼らだけ来て、取っ手を開けて見たと言っていました。遺骨は甕に納められていたそうです。ここから平和大通り全部、雑魚場、そして平和大通りの最東端の鶴見橋まで、少年少女たちの作業場のあとを見せました。鶴見橋の撮影をしたのは最終日。ここでは、中山さんの文章を読み、被爆直後のことを偲び、この場所は生存者も多かったが重いやけどを負った人が多く、のち、原爆乙女とよばれ、アメリカに治療に行った方にこの地でのヒバクシャが多いと、和田雅子さんのことを語り、手記の一部を読みました。

国泰寺高校放送部の生徒たちは、『広島第二県女二年西組』に興味を持っているようなので、さまざま話をしました。彼（彼女）らは、なぜ第二県女の私が国泰寺一期生なのか、それもよくわからないようなので話をし、近いところだから、と、第二県女の慰霊碑にも案内したのですが、原爆のことは普通の高校生よりも関心深いと思われる生徒たちが建物疎開作業についてはほとんど知らないのです。そのなかでは平和教育が熱心だと言われる袋町小学校の卒業生もいたのですが、袋町国民学校に高等科があり、彼らも建物疎開作業で被爆死したことなど全く知らなかったのです。

でも、生徒たちは、よく話を聞いてくれうれしかったです。とにかく松島さんの取材は密度の高いものでした。

●中山士朗から関千枝子さまへ

このたびの女性「9条の会」に始まり、「核兵器禁止条約」、朝日新聞社説【余滴】「憲法に胸を躍らせた時代」、日本子どもを守る会の「平和祈念集会」で出会われた人々とのこと、松島和子さんとのヒロシマ取材、その折の元日本生協連理事長竹本茂徳さんの話、広島県病院の緩和ケア病棟での戸田さんの話、日本でただ一つの民間で運営している、八王子にある原爆資料室の話など、心にしみるものばかりでした。

この手紙が届いたのは七月二五日でした。奇しくもそれから、私たちが『ヒロシマ往復書簡』で語った人たちのことが新聞やテレビで報道されたのでした。

七月二七日の朝日新聞では、俳優、渡辺美佐子さんらの広島・長崎で被爆した人の体験記を読む朗読劇「夏の雲は忘れない」が、福岡県宗像市の大島で公演された記事が出ていました。この公演は三十年以上にわたって続けられ、来月には千回を迎えるそうです。九州では、八月五日に福岡県八女市、六日に大分県日田市で公演。八月八日に広島県廿日市市、二九、三〇日に広島市で貸し切り公演があるそうです。

以前、私たちの「往復書簡」について書評を寄せてくださった都留文科大学の非常勤講師、丸浜江里子さんが紹介されていました話が、このたびの新聞でも伝えられていました。十二歳で終戦を迎え、その後、俳優となった渡辺さんは、八〇年にテレビの対面企画で初恋の人との再会を望んだのでした。ところが現れたのは、男の子の両親でした。渡辺さんは小学生時代に親しくしていた友人が広島に転校し、被爆して亡くなったことを初めて知り、そして、その遺骨も見つからなかったことを教えられたのでした。両親は「本当に死んだのかわからなくて、お墓が造れない」と話されたそうです。

「普通の人が殺されていく理不尽さを感じた」と渡辺さんは語っています。

「その子がおしりをたたいてくれて、今日まで朗読をやらせていただいています」

そして、戦後七十二年を迎えて、「どんどん遠くなるのは仕方がないけど、絶対忘れてはいけないことがある」とも語っていました。

私は、これまで「往復書簡」のなかで、このたび亡くなられた元聖路加国際病院理事長、日野原重明さんの朝日新聞に連載されていました「あるがまま行く」というエッセーの中から、何度か引用させていただきました。日野原さんは七月一八日に一〇五歳で亡くなられましたが、その直後の七月二九日の新聞に、「読者の皆様に最後のごあいさつ」（五月下旬に口述筆記）と書かれた文章が載っていました。

「私が「あるがまま行く」を書き始めたのは、二〇〇二年一〇月五日、私が九一歳になった時でした。」

「私のエッセーは、私の全力疾走の様子を読者の皆様に報告する形で、今日まで続いてきました。こんなにも長く連載できたのは、私と一緒に走ってくださった読者の方々の応援があってのことです。ここに感謝とともに皆様に最後のお別れをしたいと思います。今まで本当にありがとうございました。」

「この人生で国内外を飛び回ってきた私ですが、心の故郷はやはり聖路加病院です。」

「（前略）スタッフの方たち、そして私の意志を受け継いで聖路加を率いて下さっている福井院長。最後までありがとうございました。」

「自宅の庭には、妻の遺骨がほんの少しばかりまかれています。亡き妻はここに静かに眠っていると思います。私の名をつけた真紅の薔薇「スカーレットヒノハラ」と、妻の名を付けた「スマイルシズコ」も、今頃、長野県中野市の一本松公園で花を咲かせていることでしょう。」

「これからの季節は、紫陽花が美しく咲くと思います。紫陽花は丸く、ボールのような形なので、私はボールフラワーとニックネームを付けました。まだ緑色のつぼみが日に日に膨らんでいくのを眺め、ボールのような花がきれいに色づくのを楽しみにしています。これで、私からのメッセージを終わりにしたいと思います。」

そして、八月一日のNHK総合テレビの【クローズアップ現代+】で、「日野原重明さんの遺言〝死〟をどう生きたか」を観たのでした。

その中で、日野原さんは、

「一九七〇年、よど号ハイジャック事件から生還した時、私はタラップを降りて靴底が大地を踏みしめた瞬間、その感触に、「これからは、生かされたこの感謝の思いを他の人々に返していくのだ」という使命感を覚えました。この命を、未来へと続く若い人たちのため生きていきたい。」

と語っていました。

一九九五年三月二〇日の地下鉄サリン事件では、当時、日野原さんが院長を務めていた聖路加病院では、当日は、午前中に六四〇人もの患者を受けいれ、その治療に当たったが、その決断にスタッフ全員が覚悟を決めて取り組んだことも、紹介されていました。

番組のなかでは触れられていませんでしたが、『ヒロシマ往復書簡』Ⅲ集「再び「生」と「死」を考える」の章で、一九九四年、疎開学童七八〇人を含む一四八五人の命を奪った「対馬丸」の沈没事件についての日野原さんの言葉について触れています。

「今を生きる子どもたちに、歴史的事実を伝えること、戦時下の子どもたちの「魂」に触れてもらうテーマでした。」

「太平洋戦争で、どれだけ罪のない大人が、子どもが尊い命を失ったことでしょう。対馬丸撃沈の悲劇は、戦争の悲惨さを物語る出来事の一つとして、決して忘れてはいけないものです。」

「対馬丸からのメッセージ〝命〟」と題した音楽劇が上演された時の言葉でした。そして、小さな虫の死について触れ、次のような言葉を残していました。

「どんな小さな昆虫でも生きたいと思って努力しているというのに、私は今、ぼうっとした意識でつい、指先でこの昆虫を壁に押し付け、殺してしまったのだ。私は強い後悔の念を抱きました。」

「思えば私自身、この虫のように、自分の力が及ばない理由でいつ死んでしまうか分からないのです。事実、私は一九七〇年によど号ハイジャック事件の人質になりました。奇跡的に解放され、改めて眺めた空や海は、以前とは違う輝きを放っていました。これからの生涯をかけて、命の尊さを訴え続ける、その決意はあの時、芽生えたのでした。」

「こんなことを考えながら、晴れた晩秋の日曜、私は軒先にパンジーの花が色とりどりに咲いているのをただ眺めていたのでした。」

日野原さん一〇三歳の時の「私の証　あるがまま」の言葉でしたが、口述筆記による「読者の皆様に最後のごあいさつ」の結びに、色づきはじめた紫陽花を眺めながら、

「私からのメッセージを終わりにしたいと思います。」

と、語りかけられた時の情景と重なるのを覚えました。

「生」と「死」、私たちの『ヒロシマ往復書簡』のテーマでもあります。

証言の夏、地獄を見た夏

二〇一七年八月

●関千枝子から中山士朗さまへ

七月二八、二九日、博多で開かれている政教分離全国大会に行きました。

その帰り、前便でもお知らせした、博多の誠座という発足して間もない劇団が『広島第二県女二年西組』の朗読劇を上演するというので、その稽古を見に行きました。どんな劇団かさっぱりわからないのですが、ありがたいことと思い、とにかく稽古を見に行くことにしました。政教分離大会がすんでから行ったので、稽古が終わる直前だったのですが、年配の女性たちや女子高校生、それに小学生もひとりおり、何とも幅広くびっくり。決して上手いとは言えず、群読もバラバラで、これでやれるのかしら、と不安になったのですが、皆さん一生懸命です。靖国神社のことなど、かなり厳しい場面もあるのに力まず普通に群読しておられます。演出の指揮をとっている座長の若さにまたびっくり。

稽古が終わって食事をしながら話したのですが、座長の井口さんは三十二歳、高校の時から演劇が好きで、仲間と誠座を作った。普段は介護の勉強をしている。自分の座だけでは人数が足りないのでシニアの女性グループの協力を得たとのことです。高校生、小学生は今回の上演だけの参加ですが、今年だけで終わらず三年ごとにもう一度上演したいなど言うので、「私、三年先まで生きているかどうかわからないけど」と言ったら「じゃ二年先にやりましょう」ですって。あまり軽やかで、楽しげなので驚いてしまいました。私が構えすぎているのでしょうね。

それから新幹線で広島へ、博多・広島間はたった一時間なのですね。その夜、広島で、YWCAの難波さんと打ち合わせ、翌日はリニューアルされた資料館の東館を見学しました。なんだか整いすぎていて、どうも物足りない。これは他の方も同じような感想を持たれる方が多いようです。それから県立病院緩和ケア病棟の戸田さんの所に行きました。戸田さんは八月六日に、教会で、被爆証言をするのだそうですが、それを朝日新聞の宮崎園子さんも取材するとのことで、宮崎さんの車で県病院まで連れて行ってもらいました。

戸田さんは一度県病院から出されて鷹野橋中央病院にいたのですが（緩和ケアの規則でずっといられないとかで）、そこがあまりあわなかったようで、鷹野橋にいたころは声に元気がなく心配していたのですが、諸事親切で病室もとてもきれいな県病院に帰ってきて元気そうです。再発したがんの進行も止まっているとかで、痛みもないようです。

六日に語る被爆体験の原稿を見せてくださいました。「こんな自分のことを書いていいじゃろうか」と訊かれました。彼女、宇品の一番北、御幸橋に近いところに家があったのです。御幸通りを行進する軍靴の音・陸軍の港宇品港に向かう兵隊の行進、それを日常聴いて育ったわけです。七人きょうだいで五人は男、そのうち四人を戦争末期に失っています。二人は結核で、二人は戦地で。骨もない帰国。人前では泣くこともできずじっと耐えていたお母さんが夜、一人になってワーッと泣いたその声が忘れられないと。もちろん書いていいことよ、書かなければいけないことよ、と言いました。

原爆で屋根も吹き飛んでしまって柱だけが残っているようになった家で、戸田さんの帰りを心配しながら待っていたお母さん。夜になって、駅前の国鉄の作業場から帰ってきた戸田さんを見て、どんなにうれしかったか。

いちど東京に帰り、八月四日から広島入り。中国新聞を見ると、現在の天満川岸にある市中の慰霊碑が、川の整備によって、基町高校（市中の後継校になっている）に移されるという記事です。この前、パリの松島さんに撮影していただいたのが、最後の撮影になったのかもしれないと、不思議な思いになりました。もう一つ、中国新聞のコラムで、元山口放送の磯野恭子さんが亡くなられたことを知りました。磯野さんは優れたドキュメンタリストで、民間放送局で、女性で初の役員にもなられた方です。コラムには彼女が満蒙開拓団の番組を作られ、初めて問題を明らかにしたと書いてありました。彼女は社会問題に敏感な方で満蒙のことも、原爆のことも、たいへん優れたドキュメンタリーを作っています。ことに胎内被曝の原爆小頭児を扱った「母さんの声が聞こえる」は名作で、私もその感動を忘れられません。中国新聞の方ももうそのことを知らないのか、原爆報道のことはまったく書かれていないのが残念でした（注）。

中国新聞の西本さんとも会いました。西本さんのお話によりますと資料館は今整備中の本館がメインで、東館はつけたしのようなものだから、あれでいいのだ、というようなことでした。それから往復書簡のこと、今もブログ上でやりとりが続いていますが、あとはお金が続かず、本にはできないだろうと言いましたら、西本さんは気になるようなことを言われました。原爆物の出版など興味を持っている人はあまりいない、中国新聞はデータがあるので、色々出版しているが、売れないのでただで配ってしまう。在庫があると税金を取られる、それはかなわないので、ただで配ってしまう方が損が少ないと。私の『第二県女』はよく売れている方だと。西本さんによると原爆物のノンフィクションで一番売れているのは大江健三郎さんの『ヒロシマノート』で、七〇万部くらいだそうです。やれやれ、私たちの往復書簡集はまだ西田書店に残っているけれど、負担にならないかと心配になってきました。

フィールドワークは少しでも涼しい方がいいと五日の午前中にやりました（去年までは午後）。しかし、日差しのきついこと。暑いこと。ＹＷＣＡの方、気にして車いすを出そうかと言われたのですが断りました。私が車いすで参加者に汗水だらけで歩かせては、申し訳ないから。歩くのは平気ですが、立ってしゃべるのがきついのでその時の椅子を用意していただき、歩くのは全うしました。皆さんには、慰霊碑を案内しながら、あの日、少年少女たちは、炎熱の日に火のなかを逃げ回り、名前もわからなくなっている国民学校高等科の子どもたちのことを考えてほしいと訴えました。

六日の朝は、第二県女、山中の慰霊碑の前で慰霊祭。いつも福山から見える平賀先生の姿が見えず、お歳（九五歳を超えられたはず）なので、さては、と緊張したのですが、つい数日前骨折され、欠席やむなしながら、来年はどうしてもと頑張っておられるそうで安心いたしました。

慰霊祭の後、皆さんと共に鷹野橋の日本基督教団の教会へ。なんだか私がたくさんの人（クリスチャンでない）を同行させて申し訳ないようでしたが、戸田さんの証言とてもよかったです。松島さんも取材していました。

その日の夕方、平和公園の近くのレストランで、松島さん、堀池美帆さん、私、それに後から西名さん（前に話しました大庭里美さんの娘さん）も加わり夕食。この場で初めて会った人も多いのに、大いに話は盛り上がりました。

そんなことでこの日の平和式典の様子は、テレビなどで知るだけでしたが、核兵器廃絶条約に触れない首相、そのことに何だか控えめな広島市長、予想されたこととはいえ、失望は増幅するばかりでした。

七日、台風が来るというので割合早く広島を発ち、帰って新聞を見ると朝日社会面トップの戸田さんの記事、全国版で出たのだ、と驚きうれしくなりました。教会の方も喜ばれたことと思います。

九日、長崎、相変わらず核兵器禁止条約に触れない首相、それに鋭く迫った長崎市長は見事です。つい広島と比べてしまいますね、長崎の被爆者も「あなたはどこの国の首相なのだ！」と迫ったそうです、立派でした。

帰ってから、一九日、土曜日、ＴＢＳの報道特集で中国放送の秋信記者のことを取り上げていてびっくりしました。彼とは中山さんの番組「鶴」の取材のころ初めてお会いしたのですが、その後、昭和天皇への原爆についての鋭い質問で感心していました。この番組では原爆による小頭児についての特集でしたが、この問題を最初に取り組んだのは、秋信さんだったのですね。その後「キノコ会」の結成に協力というか、中心になって支えられたのですね。驚きました。このことをしっかり取り上げ、この時期の原爆報道にされたＴＢＳの金平記者に感動しました。長くなりました。まだ書きたいことがありますが、次回に持ち越します。

（注）その後わかったことだが、中国新聞には、この前日、磯野さんについて原爆報道をふくめて、詳

しく報道されていた。

●中山士朗から関千枝子様へ

お手紙拝見しながら、今回もまた関さんの熱い思いを感じています。

中国放送の秋信さんが残された仕事も、それと重なってきます。

現在、私は強くそのことを感じるようになりました。

とりわけこのたび緊急で検査入院し、大腸に癌があることが判明しましたので、余計そのことを意識するようになりました。それより少し前から、呼吸が苦しく、歩行もままならない状態が続いていました。かかりつけの病院で血液検査の結果、貧血が判明し、急遽、別府医療センターに検査入院したのでした。総合診療の結果、大腸癌が発見され、貧血はそのことが原因でした。すぐさま輸血をし、鉄分を含んだ薬剤が投与され、呼吸が楽になり、歩行も以前に戻りました。現在、通院しながらの経過観察が行われていますが、私自身はこの年齢になっての手術はごめんこうむりたいと思っています。

医師から直接に大腸癌を伝えられましたが、その言葉を衝撃的なものとして受け取らない存在としての、私自身に気づいたのでした。

なぜならば、私の父は後に原爆症認定の病名となった心筋梗塞で、六五歳で亡くなりました。母は七七歳でS状結腸癌と分かり、余命九〇日と診断されて亡くなりました。姉も七八歳で、母と同名の癌となり、手術を受けましたが、現在、痛苦に耐えながらの生活を続けています。母と姉は、私が臨時救護所にいることが判るまでの五日間、爆心地近くにいた私を探す毎日を送ったのでした。姉は、徴用先の会社があった己斐《こい》の近くで「黒い雨」に遭っていますが、ひっきょう母と姉は私を捜し歩いたがために、ともに後年、同じ病名の癌にかかったものと私は常々心苦しく思っていました。そうしたことから、現在八六歳になる私が癌と宣告されても、敢えて驚くこともなかったのです。

その時、私は二人の女性の言葉を思い出さずにはいられませんでした。

その一人は、関さんの姉上、黒川万千代さんが、急性骨髄性白血病の病床で、「原爆症認定の申請をしたのは、お金が欲しいのではない。原爆のためという言うことをはっきり認めて欲しいのだ。放射能が六五年経っても仇をする恐ろしいものだということを認めて欲しいのだ」、この言葉を遺して逝かれたのでした。認定までの二年を待たずして黒川さんは亡くなられたのでした。

もう一人は、往復書簡第Ⅲ集の「あとがき」の中で引用しました宮崎園子さんの祖母（享年八〇）の言われた言葉でした。

「あの日、18歳、爆心地から一・五キロで被爆し、顔半分をやけどした。「地獄を見た」と繰り返した。晩年、多発性骨髄腫と診断され「六〇年たっても原爆に殺される」と。」

それと同時に、関さんの手紙にありました県病院の緩和ケア病棟で戸田照枝さんが語った言葉を思い出さずにはいられませんでした。特に国民学校高等科の生徒の時、勤労動員で国鉄の無線の仕事をしていましたが、原爆が投下された時、広島駅の近くにあった建物は崩壊し、大勢の動員学徒が下敷きになりました。彼女は、運よく脱出できましたが、親しい友人を救うことができないまま、その場を逃げるより仕方がなかったのです。そのことがずっと気にかかり、罪深い自分を意識し、その思いがキリスト教の教会に足を向けさせ、クリスチャンになったのでした。

先日の関さんの手紙で、戸田さんがこの八月六日に教会で被爆証言をされるということを知りました、宮崎さんが取材に当たられたということを知り、不思議な縁のつながりを覚えずにはいられません。この記事は、八月六日の朝日新聞全国版の一面に載ったのでした。

八月三〇日、私の身に癌が発症し、余命がいよいよ狭まって来たことを否応なしに認めなければならない時、被団協代表委員の谷口稜曄さんが、癌のため死去されたことが報じられていました。享年八八でした。

谷口さんは一六歳の時、自転車で郵便配達中に、長崎の爆心地から一・八キロのところで被爆。背中を焼かれて三年七カ月の入院の後も完治せず、手術を繰り返していました。二〇一〇年五月、ニューヨークの国連本部でのＮＰＴ再検討会議では、各国政府代表を前に演説し、約三〇〇人の出席者から総立ちで拍手を受けたと新聞に報じられていました。

このようにして、私を含めて被爆体験者が確実に数を減らしていく時、関さんとの『ヒロシマ往復書簡』を第Ⅲ集までまとめることができたのは、ありがたいことだと思っております。現在も書簡の往復は続いておりますが、書ける間は、書き続けたいと思っています。

〈追伸〉　関さんのお手紙で戸田照枝さんの訃報を知り驚いています。次便で触れたいと思います。

12

ICANのノーベル平和賞受賞をめぐって

二〇一七年九月

●関千枝子から中山士朗さまへ

画期的な「核兵器禁止条約」ができたのに、批准など全く考えない日本政府について再び書くことといたします。

もともと、日本は核兵器廃絶条約に乗り気でなく、そのため、岸田前外相は「ヒロシマ・ナガサキに来てくれ」とオバマを招いたり、私から見ればまことに姑息な行動をとっていたのですが、条約の採択会議にも出席もせず、世界の国々に対して恥ずかしいと思っていました。安倍首相は、広島、長崎の式典の挨拶でも条約に一言も触れず、批准する意思はないと言い、長崎の被爆者は「あなたはどこの国の総理ですか」と怒りを表明しました。アメリカの核の傘にいる（抑止力の壁）国の悲しき性《さが》かもしれませんが、なんとも情けないです。政府支持の低下に閣僚を入れ替えましたが、「人気取り」の目玉商品の河野外相も、核兵器禁止条約を「アプローチが違う」とか、ひどい態度です。河野外相のお父さんの洋平氏は今の政府のやり方にかなりはっきり反対していますから、ちょっと期待する人もいたようですが、太郎氏は岸田外相と全く同じです。今の自民党では、安倍氏に批判などできるはずもない。閣僚になったら違うことなど言えるはずもない。河野太郎氏など、以前あれほど言っていた原発のことなども一言も言いませんね。結局、トクをしたのは安倍氏でしょう。人気が少し持ち直したそうですから。

そんなときに、北朝鮮のミサイル、水爆実験騒ぎ。北朝鮮のやり方は感心しませんが、日本の対応も異常で、新幹線を停めたり、全テレビが一斉に緊急の画面に変わり避難の呼びかけとか、どうも過剰すぎると思いました。そこへ石破氏などが、非核三原則の見直しを言ったりして、本当に怖いと思いました。石破氏は、そのあとは発言していないようですが、テレビの番組で、右翼の評論家（?）が同様の見解を語っているのを見て本当に怖いと思いました。被団協は核兵器廃絶の署名をまだとり続けていますが、こんなことをするより、日本政府に核兵器廃止条約を批准せよという署名を集めたらどうですか、と被団協に提案してみたのですが……。

ここまで書いて一休みしていたら、その間めまぐるしく政治状況が変わりまして、降ってわいたような解散。小池百合子都知事の「希望」が選挙に出ると「小池人気」を頼みに、民進が「希望」に入るという騒ぎ、そんな馬鹿なと思っていましたが、民進党の議員たちは「了承」のようで、いったい、一度は政権をとった党が事実上解散でいいの？　とあきれ果てていましたら、図に乗った小池氏、「厳しく選別する」と言います。その選別の基準は、改憲と安保関連法を認めるかどうか、ということですから、とうとう彼女の本性が出たな、と思いました。さすがに、民進のなかでも「リベラル派」は、「希望」に入らない人々で新しい党を作りました。私は、「こと」がよく見えてきた、と思っています。一度は政権もとった最大野党が、事実上解党となるのは悲しい話ですが、二大政党論の中で、寄せ集め、根本のところ（憲法に対する態度）などでちがいのある人々が集まって作った政党、こうなるのも無理はなかったように思えます。このところの政界の大騒ぎ、選挙前のバタバタということで、マスコミも大騒ぎですが、二大政党論のことを言う人いませんね。私は二大政党論は日本では絶対だめだと思っているのですが……。

この事態になったのは、自民党員でありながら自民党都連のたてた候補に逆らい、勝手に立候補し、予想を上回る大差で当選、その後の都議選でも「チルドレン」を圧勝させた小池人気です。「改革」とか、しがらみのない政治とか言った言葉に皆、酔ってしまう。野党、市民連合と言ったところが束になっても成功しなかった知事選挙で、小池さんが、自民党候補を破ったのは、多くの人々を驚かせ、熱狂させせました。とにかく彼女は、選挙上手。それで、小泉元総理は、郵政選挙のとき、引っ張り出させて、落下傘候補第一号、期待通り選挙に勝ち、女性初の防衛大臣になったりの「活躍」。彼女は女性総理第一号を夢見たと思います。しかし、彼女は安倍氏の〝直系〟ではなさそうだし、自民党都連とも相性はよくなかったようです。しかし、私など、小池さんの、政治というか政党遍歴、また、その保守的な考え方を知っている者には、「小池人気」が不思議でなりませんでした。

とにかく、この国の人々、「改革」と言った言葉にすぐ惑わされるようです。安倍さんも、小池さんも「改革」と言います。皆、「改革」大好きです。「しがらみのない」もそうです。

小泉さんが人々を昂揚させた言葉。改革、規制緩和、あるいは小さな政府。だけど、郵政民営化で、人々の暮らしよくなったの？　といいたくなりますが。でもみなそんなことは忘れてしまい、また、熱狂する。このこともう詳しく書くスペースもありませんが、とにかく、この現象は怖いです。それは戦争の始まりのころ、満州ブームとか、爆弾三勇士への「感激」、何か、そんなことを連想させるのです。

そんなことを思っていたら、安倍さんは、北朝鮮問題と少子化とをあげ「国難」なんて言い出しました。満州事変の後、世界から孤立し、国際連盟から脱退した日本で「国難」が大いに使われたことをいやでも思い出さずにはいられません。

とにかく、今度の選挙、大変な事になりそうです。選挙騒ぎの起こる前、秋、来年の国会で安倍氏が憲法改悪、特に9条の改悪案を出して来そうだというので、改憲反対憲法を守る全国署名を三千万集めようという運動が起こりました。三千万署名なんて大変な事ですが、これをやらなければ危ない、憲法は本当に崖っぷち、今年から来年が山と思います。私は、安保関連法案反対で女性だけの訴訟に入っていますが、その人々と一〇月八日、有楽町のマリオン前広場でリレートークとこの三千万署名を開始しました。スピーカーが何人集まるか心配していましたが三〇数人集まり、若い方々もおり（私たち世代より若いという意味ですが）安心しました。しかし、三時間半もしゃべったのに、チラシを受け取る人が少なく、署名をした人も一〇〇人を越えた程度、私はショックでした。銀座に遊びに行く人たちで、憲法のことにも政治にも無関心な人が多いのかもしれないけど。それにしても……。

ノーベル平和賞についてすこし触れます。

今年の平和賞はＩＣＡＮが受賞しました。禁止条約採択に貢献した世界の市民団体です。ヒバクシャの方のなかには、被団協がもらうと期待していた方もあったようです。しかし、私は被団協でなくＩＣＡＮが受賞したのは、少し「皮肉」があったように思えてなりません。ヒバクシャたちはその長い闘いを褒められました。しかし、ヒバクシャたちの国の政府は、条約採決の会議に参加もせず、今も批准をするどころか、実に冷たい態度です。世界は、この政府の態度をどうにもできない「ヒバクシャ」たちに、もっとしっかりしろと、暗に言っているように思えます。私は、今度は、政府に批准せよという署名運動をすべきではないかと思います。北朝鮮の核が言われる今、「抑止の壁」でなく、核兵器の禁止、廃絶しか、道はないと。このままでは、「非核三原則」の見直しを声高に言う人が出てきそうですから。

●中山士朗から関千枝子さまへ

お手紙を読みながら、私も同じ怒りと絶望感のようなものを感じております。このたびの解散総選挙は、国民が選挙によって安倍政権を打倒する良い機会だと思っておりましたが、議員の烏合集散によってその望みは消え失せたばかりか、逆に真の国難が襲い掛かってくることが予測されます。

前回、手紙を書き終えたばかりのところで戸田照枝さんが九月一四日に亡くなられたことを知り、大変驚きました。これまで何度となく私たちの往復書簡に登場して頂き、心の傷に苛まれながらも証言活動に終始された姿に、私は深い感動を胸に刻んだことでした。その生涯の記録を関さんが書き残されたことは、戸田さんにとってもありがたいことではなかったのでしょうか。そこには、互いに生き残った者の息遣いのようなものがあるのを常に感じながら、私は読ませて頂いておりました。

とりわけこの「対話随想」で、クリスチャンになった戸田さんが広島YWCAでの原爆詩や手記の朗読など地道な活動をつづける一方で、関さんの被爆当日のフィールドワークを支えておられたことを知りました。その戸田さんが二〇一六年の年明けから急に体調が悪化し、結局、膵臓癌と分かり、大手術をされたのでした。手術は成功したはずでしたが、腰痛がひどく、再発と分かったのでした。

この個所を読み直しながら、私は吉村昭さんが舌癌とすい臓癌の大手術をされた後に亡くなられたことを、重ね合わせて思いました。津村さんの著書『遍路みち』は、吉村さんの死後三年余経ってようやく筆を執って書かれたものですが、その中に、「極めて高度の技術を要する手術は成功だったのだが、癌細胞は、あらゆる検査をすりぬけていたのである」と回顧されている箇所がありました。あらゆる検査については、血液検査、レントゲン、内視鏡、CT、超音波などと説明されていたのを読んで、私がこのたび受けた検査内容と全く同一であることを知りました。そして、癌が再発した戸田さんのことを思い起こしました。

ちょうど今、私は「吉村昭研究会」から頼まれて、その会誌に「私の耳学問」と題して短いエッセーを書いているところですが、私の大腸癌が見つかったことに触れながら、そのことを書いています。ひっきょう前回の手紙の中でも被爆者が、癌で生命を終える話に終始してしまいましたが、私自身が癌を患ったことで周囲の風景を見る目が一点に絞られるようになったのでしょう。

関さんが、最後に県病院の緩和ケアの病棟を訪ね見舞われた際に、再発した癌の進行が止まっている時期の戸田さんから、八月六日に鷹野橋の日本基督教団の教会で語る原稿を見せられ、内容を問われる個所がありました。いつかの手紙に、戸田さんが自分の表現下手を謙遜して「うちはもとらんけんねえ」と広島弁で言われた時、関さんが「もとる、もとる」と応えられたことが、ユーモラスのなかになぜか淡い悲しさが漂っているような印象が今も残っています。

この十月、二〇一七年のノーベル平和賞が核兵器禁止条約制定の原動力になった国際非政府組織ＩＣＡＮに決まり、各地の被爆体験者や核軍縮に学ぶ若者は、核兵器廃絶の運動を継続する決意を新たにした、と新聞に報道されていました。八歳の時に長崎で被爆した日本被団協の鹿島孝治代表理事（八〇）は、「ＩＣＡＮはともに核兵器禁止を訴える仲間、非常によかった。長崎での被爆者で八月に亡くなった谷口稜曄さんら、先輩方が被爆の実相を懸命に訴え続けたことで世界が核兵器の危険性に気づき、さまざまな反対運動につながった」と語っていました。しかし、私はこの平和賞は、戸田さんのように病床にあってなお被爆の実相を語り続けた被爆者、カナダ在住の広島での被爆者・サーロー節子さんは、これまで国連の場において証言を重ねてきましたが、核兵器禁止条約が採択された時、「この日を七〇年待った」と涙を拭う光景をテレビで観ながら、平和賞は被爆者全員に与えられたものと強く思いました。

米国務省は、ＩＣＡＮの平和賞受賞決定に当たっても、核保有国とその同盟国は条約を支持しないと断言しました。しかし、私が特に腹立たしく思ったのは、ＩＣＡＮが広島や長崎の被爆者と連帯し、核の非人道性を訴えてきたにもかかわらず、日本の安倍首相は受賞への公式コメントを出さなかったことです。

ＩＣＡＮのベアトリス・フィン事務局長は、「被爆者は自らの体験を共有することで、核兵器禁止条約交渉の場に不可欠な人道的視点をもたらしてくれた」（一〇月八日　朝日新聞）と根底に被爆者の声があることを伝えています。戸田さんの生前に、この言葉が届いていたらと思いました。

今日は、闘病記半分、怒り半分の手紙になってしまい、申し訳ありませんでした。

13

戦争体験の風化を考える

二〇一七年一〇月

●関千枝子から中山士朗さまへ

総選挙は予想通り自民党の「圧勝」でした。小選挙区制なので、票数以上に自民が議席をとったこともあり、自民党の中には「敵失で勝ったようなもの」と手放しで喜んでいない人もいるようですが、とにかく自民圧勝には違いなく、来年早々の国会から憲法での攻防が始まるでしょう。

この選挙は「話題」は多くて、民進党の前原さんの考えた「希望の党」へのなだれ込みが、小池さんの「選別発言（全員を認める気はさらさらない）」で、あの人気が一挙に崩れ落ちました。それに怒った民進党の枝野さんたちが「立憲民主党」を立ち上げ、大いに共感を集め、予想を大きく上回る得票で野党第一党になりました。小池さんの「選別」にあたっての上から目線の物言い、不寛容さが反感を呼んだと言いますが、私は「選別」の内容にあると思います。改憲と安保関連法案を認めることが中身では、だれでも怒ってしまいますからね。「どこに一票入れるの！」と困っていた人々の票が「立憲」に集まったのはいいことでした。

ただ、私は、あの都議選で、小池さんの「ファースト」に集まった票が一体どこへ行ったのか（自民に戻ったのか）不思議でなりません。ポピュリズムというものの「怖さ」を思いますが……。

それよりも、これだけ大事な選挙なのに投票率の悪さが気になりました。台風のせいもありますが、一八歳から選挙権が認められたというのに、投票率はさらに悪い。とても気になりました。若い層が政治に無関心ということは予測されたこととはいえ、その無関心さの因るところを考えさせられます。

若い方々について最近「反省」したことがあります。

有楽町で憲法9条の大切さを訴え、署名活動をしたこと、チラシをとる人も少なかったことにショックをうけたことを書きましたね。その数日後、女性「9条の会」で、フィールドワーク（戦跡を見る会）を行いましたが、その会に参加した二〇台の女性（9条の会の会員ではない）が、「くじょうの会って、どういう意味ですか？」と聞いたのです。私は思わず、「九条ネギじゃないのよ！」と言ってしまいました。この女性、こういう会に参加するだけあって戦争の証言の引継ぎというか、証言を記録に残すなど、熱心に活動している人だっただけにびっくりしてしまったのです。彼女は「9条」のこと以外にも、よく質問してくれたのですが、ある霊園のなかに、ハルビン学院の碑があったのです。なぜこんなところに碑があるのか、案内の人もハルビン学院のことなどあまり知りませんので、私が少し説明したのですが、彼女は「哈《ハ》爾濱《ルビン》」のこともよくわからないようで、「白系ロシア人って、何ですか？　ハルビンってロシアのなかの地域の名ですか？」と聞くのです。白ロシア（ベラルーシ）のようなことかと思っているようで、また驚きました。「白系ロシア人」も、もう死語のようです。

あの頃、哈爾濱とか奉天（瀋陽）とか、満州のちょっとした都市の名前は、小さな子どもでも知っていましたので、つくづく歳月を感じましたが、満州事変さえも知らないのは、戦後教育で「十五年戦争」をほとんど教えてこなかった結果でしょうか。私自身、事あるごとに戦中のことなど話すのですが、若い方たち、よくわからないまま聞いていたのでしょうね。何をしていたのだろうという思いで、本当に反省しました。

以前、「建物疎開作業なんて言っても誰もよく知らないのだから」と言われ、中、高校生たちに被爆体験を話す時は、建物疎開とは何か説明するようにしているのですが、説明が長くなってよく伝わらなかったのではないでしょうか。

歳月と言えば、広島で供養塔の清掃を四〇年以上も続けたことで有名な佐伯敏子さんが一〇月三日に九七歳で亡くなったのですが、その偲ぶ会を一二月三日、竹内良男さんらの企画で行うことになりました。佐伯さんは親族一三人を亡くし、その被爆証言は本当に迫力があります。原爆の時、自分の一家だけでも大変で、親戚の人が焼けただれて逃げて来ても、面倒を見ることができず、すげなくした、ということがあります。原爆だけでなく普通の空襲でもそんなことがあり、戦災孤児の方のなかには、親戚との軋轢から証言も書けないという人がいます。佐伯さんの証言はそのあたりも率直で生々しく、私も驚嘆して読みました。

佐伯さんは供養塔の清掃や遺骨の遺族探しの活動が称えられ、広島市民賞を贈られていますが、脳梗塞で倒れられてから二〇年、もう佐伯さんのお元気なころを知る人も少なく、広島では偲ぶ会もできないということです。なんだか寂しくなりました。私も佐伯さんとは詳しくお話を聞いた覚えはないのですが、偲ぶ会に参加しようと思っています。「ヒロシマに歳はないんよ」と言っていた佐伯さん、核兵器禁止条約の採択の話は分かっていたのでしょうか。

とにかく今の心境は「簡単には死なないぞ」ということです。国会で改憲案が通り、来年か再来年に国民投票ということになるかもしれません。若い人たちに現憲法の大切さを訴えなければ、戦争を知る一人として頑張らなければ、と思っています。

●中山士朗から関千枝子さまへ

歳月という言葉が、このたびの手紙にはありました。

広島で供養塔の清掃、遺骨の遺族探し、被爆証言を四十年以上も続けた佐伯敏子さん（二〇一七年一〇月三日逝去。享年九七）の死は、まさに二〇一七年のヒロシマの風化を象徴していると言えます。

テレビで観た私の記憶では、病床の佐伯さんに核兵器禁止条約の採択が告げられた時、「良かった」と微かに頷く場面があったように記憶しています。

それにつけても、関さんが書いておられるように、一〇月二七日の国連総会で、日本政府が「核兵器禁止条約」にも触れもせず、昨年出した案よりも後退した「核兵器廃絶案」を出し、多くの国々から痛烈な批判を受けたことを思い出さずにはいられません。

二〇一六年、オバマ大統領が広島の原爆慰霊碑の前で核廃絶への希望を語りましたが、それに呼応して、安倍首相は、

「熾烈に戦いあった敵は七十年の時を経て、心の靭帯を結ぶ友となり、深い信頼と友情によって結ばれた同盟国となりました。そして生まれた日米同盟は世界に希望を生み出す同盟でなければならない。」

「核兵器のない世界を実現する。その道のりがいかに長く、いかに困難なものであろうとも、

絶え間なく努力することが、いまを生きる私たちの責任であります。」

「日本と米国が力を合わせて世界に希望を生み出す灯火となる。この地に立ち、オバマ大統領とともに、改めて固く決意しています。そのことが広島、長崎で、原子爆弾の犠牲となったあまたの御霊の思いに応える唯一の道である。私はそう確信しています。」

こうしたメッセージを送っているのです。

二〇一六年のオバマ大統領と慰霊碑の前で語った言葉は何だったのでしょうか。

そのようなことを考えておりましたら、十月二十日付の朝日新聞に「皇后さま今日八十三歳回答全文」が出ているのが目に止まりました。これは、皇后さま八十三歳の誕生日に当たり、この一年について尋ねた宮内庁記者会の質問に文書で回答を寄せられたものです。被災地への思い、国内各地への旅、学者、スポーツ選手のすがすがしい引退、陛下譲位についての感謝について述べられていて、その中にノーベル賞について触れておられました。

その項の見出しは「平和賞　被爆者の努力に注目」とありました。

「今年もノーベル賞の季節となり、日本も関わる二つの賞の発表がありました。文学賞は日系の英国人イシグロ・カズオさんが受賞され、私がこれまでに読んでいるのは一作のみですが、今も深く記憶に残っているその一作『日の名残り』の作者の受賞を心からお祝いいたします。」

続いて、

「平和賞は、核兵器廃絶国際キャンペーン「ＩＣＡＮ」が受賞しました。核兵器の問題に関し、日本の立場は複雑ですが、本当に長い長い年月にわたる広島、長崎の被爆者たちの努力により、核兵器の非人道性、ひと度使用された場合の恐るべき結果等にようやく世界の目が向けられたことには大きな意義があったと思います。そして、それとともに、日本の被爆者の心が、決して戦いの連鎖を作る「報復」にではなく、常に将来の平和の希求へと向けられてきたことに、世界の目が注がれることを願っています。」

その続きには、大勢の懐かしい人たちとの別れが綴られていました。その中に、医師の日野原重明先生の名前も出ていました。

原爆投下から十五年の一九六〇年八月六日、皇太子（当時二六歳）だった天皇陛下は、似島《にのしま》に渡り、行き場のない原爆孤児たちのために造られた民間養護施設「似島学園」を訪問されました。

瀬戸内海に浮かぶ似島は、一九四五年八月六日、広島に原爆が投下された後、この小さな島に臨時の野戦病院が置かれ、約一万人の被爆者が運び込まれました。後に大量の遺骨や遺品が見つかりました。

私は被爆直後に比治山に避難し、放心状態で山の麓に停車している軍用貨物列車を見下ろしていました。この列車は、比治山の麓近くにある陸軍被服廠、兵器廠と宇品港を結ぶために設けられた鉄道でした。貨車の傍にいた兵士たちが「負傷者は、集まれ」と合図していました。この声を聞いて、大勢の負傷者はいっせいに赤土が露出した山肌を滑るようにして、貨車をめがけて下りて行きました。体を酷く焼かれた私には、その気力、体力がなく、その場にうずくまって貨車が去って行くのを見送っていました。それからしばらくして私は救出に来た兵士に背負われて、山の東斜面の中腹にあった臨時救護所に運び込まれたのでした。あの時貨車に乗っていましたら、似島に送られ、家族の者との再会も果たせず死んでいったはずです。私たちの広島一中では、学校付近の建物疎開作業に従事していた一年生の多くが似島に送られ、亡くなっています。

話が横道に逸れてしまいましたが、皇太子の似島訪問が、後の天皇、皇后のこれまでの五一島訪問のきっかけとなったのです。

こうしたことなぞを思考しておりますと、ノーベル平和賞は核兵器を史上初めて非合法化する核禁止条約に向けて努力し、広島、長崎の被爆者と連携して核の非人道性を訴え続けてきたＩＣＡＮの活動を評価したものでした。しかるに、安倍首相は核兵器禁止条約が国連で採択されましたが参加せず、このことについての何ら公式のメッセージも発していません。自民党は、多数の民意を得てこのたびの戦況を勝利したと言っておりますが、次のような民意があることも知っておいてもらいたいものです。

「核の傘」の下にあっても条約に参加することＩＣＡＮ（わたしはできる）

（神栖市）寺崎　尚

この短歌は、一〇月六日付朝日新聞の「朝日歌壇」に、永田和宏選として掲載されたものです。

こちらは一〇月三〇日「朝日俳壇」金子兜太選の（奈良県広陵町）松井矢菅さんという人の句ですが、私の現在の心境に沁みこみました。

腰据えて癌との戦大根蒔く

14

広島（吉島）刑務所、被爆の実態

二〇一七年一一月

●関千枝子から中山士朗さまへ

今日は、新しい話題をお知らせすることにいたします。

私たちの「往復書簡」Ⅲ集を差し上げた伊藤真理子さんから頂いた感想のなかに、石浜みかるさんのこと（正確に言えば彼女のお父さんのこと）が書いてありました。石浜さんのお父さん（石浜義則さん）はクリスチャンで戦争中に反戦を貫き、街頭で語り、「宮城遙拝」をしなかったため、治安維持法違反で起訴されました。原爆のとき、広島の吉島刑務所にいらしたのです。このことは一九九〇年頃、石浜さんが児童向けの小説の形でお書きになったのを私も読んだ覚えがありました。伊藤さんに言われて石浜さんに連絡を取ってみました。吉島刑務所で被爆なんて体験談がそう出るものでなし、これから出ることは多分ないでしょうから（当時刑務所にいた人は今生きていたら若くても九〇代後半でしょう）。

石浜みかるさんはお元気で、さまざま資料を頂いたのですが、驚くことばかりでした。石浜義則さんは、二〇歳でクリスチャンになり、歯医者の下で働きながら、独学で資格を取り神戸で歯科医をしていたようです。石浜さんの教派はクリスチャンでも小さいグループで、教会もなく街頭伝道をしていたため、一九三三年に逮捕。アメリカとの開戦直前の一九四一年九月に再逮捕。一九四三年裁判で実刑判決。神戸の歯科医院を閉じ、妻子を妻の実家（瀬戸内海の周防大島）に預け、自分は広島の吉島刑務所で服役。

八月六日原爆。広島刑務所は塀が高いので、その陰になり政治犯の受刑者五二人は全員無事。千人ほどいた刑事犯受刑者のうち四〇人が死に、三〇〇人ほどが重傷を負ったそうです。

石浜さんたちは独房から出られず、大声で助けを求めていると、囚人の中で自主的に四人が扉を角材でぶち抜き、石浜さんたちを助けてくれました。四人中一人は朝鮮人だったそうです。当時朝鮮人の囚人は多くいて中には独立運動家もいたそうです。

七日以後、体力のある囚人四〇〇人が遺体の片づけ作業に駆り出されました。広島の惨状は、この人たちから聞いたそうです。

政治犯五二人は、八日に山口刑務所に移されることになり、数珠つなぎにされ広島の街を歩き、廿日市から汽車に乗り山口に。敗戦は山口の刑務所で聞いたけれども、一向に釈放されない。一〇月八日にまた広島刑務所に帰され、一〇月一〇日にやっと釈放されました。石浜さんは行き場のない三人の朝鮮人運動家を連れ、周防大島に帰り、朝鮮人三人にご飯を食べさせたそうです。朝鮮人三人は、ここにしばらくいたのち、朝鮮に帰国しました。

石浜義則さんは歯科免許をはく奪されていたので、九州でしばらく歯科助手をし、三年後に免許を返してもらい、神戸に戻り歯科医師再開、伝導も再開したそうです。

三人の朝鮮人のうち、姜寿元さんは韓国被爆者協会理事になっておられ、三二年後訪日された時、再会。「ともに吉島刑務所にいた」という石浜さんの証言で姜さんは被爆者手帳を獲得したのだそうです。

石浜さんは手記を残しておられるのですが、「長崎の証言」のなかで書いておられるので、広島の人は吉島刑務所の被爆のことなど知らないのではないか、「ヒバクシャ遺産の継承」などと言っても吉島刑務所のことなど思いつく人もいないのではないかと思いました。また刑務所は知っていても朝鮮人の独立運動家のことなど、考える人はいないのではないか、などさまざまなことを考えました。

さらに石浜みかるさんは、キリスト教の「満蒙開拓団」のことも調べて出版を計画し、現在その最終段階だそうです。満蒙開拓団のことは前述のとおり私もたいへん関心を持っているのですが、キリスト教の開拓団があったとは知りませんでした。この人々も決して満州に行きたかったわけではなかったと思いますが、行かざるを得なかったのでしょう。そして悲劇的な末路になるわけです。詳しいことは、石浜さんの本のできあがりを待つことにしたいと思いますが、とにかく貴重な歴史の掘り起こしだと思います。

いずれにしても大きな問題なので私が一人で聞くのは惜しく、竹内良男さんの会でぜひ企画してほしいと思っています。

私は原爆のことに関して、いろいろ取材もしましたし、かなり知っていると思っていました。しかし吉島刑務所のことや、そこにいた政治犯のことなど考えてもみませんでした。満蒙開拓のキリスト教開拓団のこともそうです。本当に我が身の無知を思い、もっともっと勉強しなければならない、そして記録はしっかり残さなければならないと思っています。

竹内さんの会は一二月三日に佐伯敏子さんを偲ぶ会をいたします。佐伯さんの会のことは、次回に報告できると思います。

●中山士朗から関千枝子さまへ

平成三〇年の新年を迎えました。

天皇退位が二〇一九年に決まりましたので、「平成」最後の年となります。平成が終わるということは、昭和、平成を生きた私には、戦後が終わったことへの深い感慨をもたらします。私はこれまで元号が変わっても、何時も昭和の年数に換算して日々の生活を送っていました。

ですから、今年は昭和九三年になるのです。

「百年河清を俟つ」という中国の諺にありますように、ヒバクシャである私は、核兵器廃絶を心底から願っていました。しかし、その思いとは逆に世界は核抑止力を背景に拡大していくとき、昨年（被爆七二年。昭和九二年）の七月には核兵器禁止条約が採択され、一二月には、国際ＮＧＯ「核兵器廃絶国際キャンペーン（ＩＣＡＮ）」がノーベル平和賞を受賞し、被爆者の証言に世界の目が注がれるようになったのです。

したがって、核兵器廃絶への一歩が踏み出されたばかりの、年頭の「対話随想」ということになりますが、平常どおりの心境で臨みたいと思います。

お手紙を読み、戦争中に反戦を貫き、治安維持法で起訴されたクリスチャンが原爆が投下された時、広島刑務所に収容されていたということを初めて知りました。

市内・吉島町にありました広島刑務所は、通称「吉島の監獄」と言われていました。私が通っていた中島小学校の近くにあり、友達のなかには刑務所の官舎に住む生徒もいましたし、学校から先生に引率されて刑務所の内部を見学に行ったこともありました。そして、中学校に入学して間もなく、広島刑務所の先の埋め立て地に陸軍飛行場が建設されることになり、モッコをかついで土を運ぶ勤労奉仕に駆り出されました。その時、母が縫ってくれた肩当てをあてがって、二人一組で暁部隊の兵士が盛ってくれる土を運びましたが、その重さが幼い私たちの肩に食い込み、腫れ上がった記憶が今も鮮明に残っています。

戦後になって、私が通っていた中学校は爆心地近くにあったため校舎は全壊焼失しましたので、市内・翠町にありました第三国民学校の間借り教室で授業を受けるようになりました、ところが、橋が決壊していたために、私の家がある舟入川口町から翠町に行くためには、広島刑務所のある対岸を行き来する渡し船を利用するしか方法がありませんでした。

私たちはその船頭さんから、被爆当日の、彼の父親の話を聞いたことがありました。

後で分かったことですが、吉島の陸軍飛行場建設作業に通っていたころに、私は彼の父親の船頭さんが漕ぐ船で対岸を行き来していたのです。私はこの話を渋沢栄一記念財団発行の『青淵』の平成一五年八月号の「水の上の残像」のなかで書いていますので、引用してみます。

父親の沖元重次郎さんは、原爆が投下された当日の朝も、いつものように渡し船を漕ぎ、吉島方面から江波や観音町の新開地にあった三菱造船や三菱重工に通う職員、工員、徴用工、動員学徒などを乗せて櫓を漕いでいた。原爆が投下された時刻には、川の中程で被爆したが、川面のことゆえ遮蔽物が何一つないために、ほとんど全身火傷に近い状態だったという。

市の中心部から吉島に避難してきた被災者は、憲兵によって負傷の程度を確かめられ、乗船できる者とそうでない者とに分類された。その整理を青い衣服をまとった刑務所の囚人が手伝った。

そのために、沖元さんは自身も負傷しているにもかかわらず、船が沈みそうになるほど被災者を乗せ、棹で水面を掻き分けながら舟を対岸に進め、そして折り返した。

何度も往復しているうちに、沖元さんは体力を完全に使い果たし、夕方近くには、江波側の土手にしゃがみこんでしまった。

関さんの手紙に「「ヒバクシャ遺産の継承」などと言っても、吉島刑務所のことなど思いつく人はいないのではないかと思いました」と書いてありましたが、私は『青淵』の平成一六年九月号に「黄葉の記」という題で、広島刑務所に勤務中の安東荒喜氏の「ある書簡」という手記を紹介しています。

この手記は、二一世紀への遺言という副題の付いた『いのち』という冊子に掲載されたものでした。この冊子は、大分県原爆被害者団体協議会、大分県生活協同組合連合会、大分県連合青年団が中心となって「聞き書き語り残し」実行委員会を設け、平成七年八月に出版されたものです。その中に故安東荒喜氏（明治二二年生まれ。昭和五〇年二月九日没。八五歳）の文章が私の目に止まったのでした。原稿が募集された際、夫人の二三子さんがご自身の体験記に添えて、夫がかつて書いた被爆直後の被害状況報告書を「ある書簡」と題して発表されたのでした。

この『いのち』を教えてくれたのは、大分県被害者団体協議会の事務局長の佐々木茂樹さんでした。原爆が投下された時、佐々木家も安東家も同じ広島刑務所内の社宅に住まい、佐々木氏の父親と安東氏は同じ職場で受刑囚の矯正、指導に当たっていたのでした。安東氏は広島刑務所を最後にその年に退官され、出身地の大分に戻られましたが、佐々木氏の父親は、その後、盛岡、札幌正管区、松江、山口、福岡と転勤し、大分刑務所長を最後に退官され、平成四年四月に八八歳で亡くなられています。

被爆当時、七四、三四四平方メートルの敷地内には舎房、工場、官舎、宿舎などの建物があり、職員二五〇人、収容者一一五四人がいました。当日、広島刑務所に勤務中に被爆した安東荒喜氏が被害者報告書を認めておられなかったら、また、夫人がこれを今日まで保存されていなかったならば、私たちは広島刑務所における被爆の実相について知ることはなかったであろうと、紹介の冒頭に私は記しています。

ある書簡

大分市　　安東荒喜

客月六日午前八時十分　警戒警報及空襲警報発令下ニアラザル当市全域ニ亘リ空襲アリ

其後今尚　戦慄ヲ覚ユルモノ有之　当時小生ハ戒護課ニ於テ書類捺印中先異様ナル光線ヲ認メタルモ其何者タルヤヲ探知セズ　且最初ノ事デモアリ何等ノ不安ヲ感ズルコトナク依然検印中約十秒経過後大爆音ヲ聞クニアラズシテ突如「グラグラ」ト言フ一大音響ト共ニ戒護建物大破　天井ヲ始メ瓦其他ノ落下物無数　中ニ自分ハ二間位吹キ飛バサレテ　戒護中央近クニ在ルヲ意識ス時真ノ暗黒（ゴミ散乱ノ為）間モナク外部ヨリ光輝ヲ認メタルヲ以テ其方向ニ脱出

左前膊部ニ縫合四針ノ負傷ヲ始トシ外十数ヶ所ノ擦過傷ヲ受ケ上半身ハ血ニ染ミ其何人タルヤヲ判別出来ザル程ニ有之　戒護本部前ニ停立一瞥スルニ各工場各舎房共全部崩壊収容者ハ屋根ヨリ脱出スルモノ救ヲ求メルモノ阿鼻叫喚実ニ惨害ノ極ニ有之候

軽症者ヲ督励救助ニ努メ併而　戒護検索に任ジ所内ヲ一巡スレバ各種通用門各非常門各事務室ハ何レモ一瞬ニシテ倒壊　各官舎ハ或ハ倒壊或ハ大破ノ状況ニシテ所内出火十ヶ所余ニ至リタルモ何レモ完全消火　火災ニ至ラザリシハ不幸中ノ幸イニ有之候

右災害ニ依リ収容者即死十四名・重傷八十八名　職員即死四名（津国技手、山口技手、宮野部長・乗元教誨師）　重傷三名ニ有之　無傷ノモノハ職員及収容者ヲ通シ一人モ之無候

工場又ハ舎房内ニ在リシ者ハ打撲傷　外部ニ在リシ在リタルモノハ光線ニ依ル火傷ニ有之候　市内ハ全部消失而カモ同時ニ各方面ヨリ出火消防器具ナク　消防ニ従事スル人ナク身ヲ

以テ逃ゲントスルニ止ムル（後半略）

後半は、子息の救出に出向くようにとの所長の心配りが伝えられましたが、多数の部下、看守が家を忘れて救助に戒護に懸命に努力している現状を見て、折角の厚意を断り逡巡する心の内、そして後刻に調査をし、息子の死を確認した時の心境が語られていました。

関さんが言われるように、広島刑務所に関しては、その沿革、敷地の規模に関する記録はありますが、被災状況の記録は見当たりません。しかし、被爆七二年の歳月を経て広島刑務所について語っている人々との出会いというか、縁というものを改めて感じています。

15

さまざまな「死」に思う

二〇一八年一月

●関千枝子から中山士朗さまへ

二〇一八年の年が明けました。とりあえず、新しい年を祝いたいのですが、安倍首相の年頭所感が、明治礼賛の明治維新一五〇年キャンペーン、そして、「新しい時代にあるべき姿を示す憲法」に改憲したいという、まったく歴史に学ぶことのない彼の思考にはあきれはてます。私は、今こそあるべき姿は「戦争放棄」だと思うのですが、「核兵器禁止条約」のことなど、もう、彼の頭にはないようです。

ノーベル賞授賞式、サーロー節子さんの演説も立派だったし、オスロには大勢の世界の平和主義者が集まり素晴らしかったようです。丸木美術館の小寺理事長がオスロに行かれた報告書は私たちの知らないことがたくさんありました。

さて、昨年ですが、多くの先輩同僚、友人たちを失くしました。多くの被爆した友人たちも世を去りました。人には寿命があり、死は仕方がないと言えばそれまでですが。

原爆関係でなくても、例えば、朝日新聞の元「天声人語」欄の辰濃和男さんの逝去は残念でした。辰濃さんは天声人語で私に関することを書いてくださいました。また、中山さんの『原爆亭折ふし』がエッセイスト・クラブ賞受賞の際、辰濃さんはクラブの理事長でしたが、受賞作選評の評者の的を外した発言に対して、辰濃さんが、中山さんの文章の美しさを言ってくださり、ほっとしたことを覚えています。

私たちの往復書簡も差し上げていたのですが、「いいお仕事をしておられますね」というお葉書をいただきました。その時、沖縄の取材に行っているのでこれがひと段落してからゆっくり感想を書きますとあり、心待ちしていたのですが、その後、お便りもなく、第Ⅲ集が出た時、お邪魔ではないかとお送りしなかったのです。新聞で訃報を知り驚きました。辰濃さんは自然に関心が深く、また、四国の巡礼などもされ、足腰の丈夫な方で、ずっと長生きされると思っていたのですが……。

ヒバクシャも肥田舜太郎さんはじめ、多くの方が亡くなりましたが、佐伯敏子さんを偲ぶ会に参加したことを報告いたします。

佐伯さんは、親族一三人を失い、その被爆体験は鬼気迫るものがあります。原爆供養塔の清掃を四〇年続け、遺骨の身元捜しにも力を尽くされました。佐伯さんは、もっとも有名な語り部（彼女は自分では語り部とは絶対言わなかった。「証言者です」と言っておられた）そうです。

東京での偲ぶ会は、竹内良男さんや堀川恵子さん（『原爆供養塔　忘れられた遺骨の70年』の作者）などの呼びかけで行われました。

受け付けは詩人の石川逸子さん。昔の東京都葛飾区上平井中学の先生だった方がいっぱいおられ、やがて、その訳が分かりました。佐伯さんは、自分のすさまじい体験を手記にまとめ、広島の学校などに送り、体験を若い人たちに伝えたいと思ったのですが、どこからも反響がなく、がっかりしていました。そこへ一九七六年、上平井中学のヒロシマ修学旅行が始まりました。上平井中学の江口保先生は、中学、女学校の慰霊碑の前で、遺族を探し出し、娘や息子を亡くした体験を語ってもらうことを企画していました。人前でしゃべったことなどないからと尻込みするお母さんたちを励まし、語らせました。生徒たちは感動し、お母さんたちはやがて「語り部」と呼ばれるようになるのですが。そんな中で、江口さんは佐伯さんの存在を知ります。佐伯さんの熱い証言、上平井中学の先生の思い、ぴったり合い、長い交流が始まります。石川逸子さんも、この時上平井中学の先生だったのです。話を聞くほどに佐伯さんと先生方との思いのつながりが分かりました。

佐伯さんの証言のすさまじさには圧倒されます。一三人もの親族を亡くしたこともですが、親族との葛藤も率直に書いています。あの戦時下、みな自分の家庭があり、まず、家族に食べさせなければなりません。親類でもすげなくせざるを得ないことがあります。ほかの地の空襲でも親を失った子が親類に引き取られ（国が面倒を見ないので無理やり押し付けられ）、親類にいじめられ、その遠慮からか、いまだに自分の体験を書けない人がいます。そんななかで佐伯さんの証言は誠に率直。きれいごとでない真実が分かるのです。

佐伯さんのことは四〇年にわたる供養塔の清掃がありその名は忘れられないと思いますが、上平井中学の江口先生のことなども、もはや多くの方が知らなくなっていることも残念です。彼は「上平井方式」と呼ばれるヒロシマ修学旅行を作り出しました。当時は今と違いひとつの学校に長くいられた。修学旅行に熱心な先生方は上平井に長くとどまり平和教育に頑張ったのです。江口先生は定年後も広島に部屋を借り「ヒロシマ修学旅行を助ける会」を作りました。もちろんボランティアです。退職金も年金もつぎ込んでの活動でした。しかし広島では江口先生の運動はあまり評価されませんでした。亡くなられた後、広島に胸像を作ろうという話があったのですが、そのままになっています。江口先生は実に率直にものを言われる方だったので、煙たく思われたのかもしれません。

ヒロシマ修学旅行も激減、いま東京の公立校などゼロに近い状況です。上平井中学もすっかり変わりました。上平井のヒロシマ修学旅行の記録がどこかに保存されていると聞いたことがありますが、本当に残っているかどうか心配なことです。

会でした。

「佐伯さんを偲ぶ会」には広島からも多くの人が駆け付け、二次会もにぎやかで、実のある

このあと、一二月一二日には丸浜江里子さんの葬儀がありました。丸浜さんががんであることは知っておりましたが、私より一〇歳以上若い丸浜さんの死は衝撃でした。彼女は杉並の草の根の人々の原水爆禁止署名のこと（第五福竜丸の被曝を受けて）に関心深く、その研究を一冊にまとめて本にしたばかり。九月にこの話を、竹内さんの会で報告され、それを聞いたばかりです。その時も、私、体のこと気遣ったのですが「大丈夫」と顔色もよく見え、少し安心していたのですが。

彼女は私の女性ニューズ時代、〝最後の、へビーな取材をした人〟です。都立の学校で式の時の日の丸君が代の強制が厳しくなり、式のマニュアルも決められ、その通りにしないとダメ。都立高校にはそれぞれの学校でユニークな式があった、都の教育委員会は少しおかしいのではないかと、保護者達が立ち上がった。その中心が丸浜さんで、取材してしっかりした考えに感動、この闘いの後も交流が続きました。彼女が元教員で、歴史の研究者であることも知りました。原爆のことに興味を持つ彼女は、八月六日に広島に来てくれ、私は広島中を引っ張りまわし、熱中症寸前の状態にしてしまったこともあります。

彼女はずっと杉並の住人で、杉並に対する思いも強かった。それで彼女の興味が杉並の女たちから始まった原水爆禁止署名になったということもあるようです。彼女は熱心で、とことんやる人でした。昨夏頃から秋にかけ、彼女からくるメール、情報が主ですが、量も多くて、私は「鬼気迫る」ものを感じていました。

葬儀にはたくさんの方が来ておられました。会場が狭くて大部分の人は式の間中、外にいることになりました。天気が良かったので、まあ、よかったのですが。それにこのごろの斎場は時間を早く切り上げるためか、友人の弔辞などなくて、電報をいくつか読み上げただけ。この日は、最後に遺族の話があり、お連れ合いだけでなく、お子さんたちもそれぞれ語られたのでよかったのですが。

失礼ですが、私はなんとなくお連れ合いが江里子さんの実力を〝軽く見て〟小さい斎場を選ばれたのではないかと思ったりしました。実は前にもこんなことがあって。その時は備える花までがたりなくなって、いったん捧げた花を下げて、もう一度使うありさまでした。丸浜さんの市民運動への業績を語る言葉が欲しかったなあ、とつくづく思いました。

丸浜さんの共通の友人と式場で会ったのですが、丸浜さんは〝人を仲間に誘うことがとてもうまかった〟のだそうです。そして仲間に入れてしまうと、役割を分担させることもうまかった。私たちはそれが下手で、つい一人で背負い込むことが多いのですが、彼女はとてもそれがうまかった。だから今日こんなに多くの仲間が来たのよ、ということでした。そして二人が交わした言葉は「とにかく彼女はやるべきことを最後まで（死の直前まで）やったわね」ということでした。すぐれた方のあまりにも若い死。本当に残念です。

（追記）丸浜江里子さんを偲ぶ会は少し後で、盛大に行われた。

●中山士朗から関千枝子さまへ

新しい年に入っての関さんのお手紙、しみじみと読ませて頂きました。

同年代の被爆者の死、これまで核廃絶の運動を支えてくださった多くの人々の死が告げられていました。そうした状況の中で、丸木美術館の小寺隆幸・美和ご夫妻の「2017・12・7～15オスロ訪問記」は貴重な記録だと思いました。とりわけ一二月一〇日の授賞式とスピーチ、講演の内容は記録にとどめ、後世に引き継がなければならないことだと思いました。

辰濃和男さんの死去、昨年の一二月一三日の朝日新聞で知りました。辰濃さんは七五～八八年にかけて「天声人語」の執筆を続けられ、二〇一五年から昨年四月までたびたび沖縄を訪れ、体調を崩した後も車椅子で取材を続けておられたことを記事で知りました。

私は、辰濃さんが執筆されていた当時の「天声人語」は、丹念に読んでいました。その美しい、余分なものを削り取った文体、透明な感性に惹かれていました。関さんの手紙にありましたように、私がエッセイスト・クラブ賞を受賞した日、会場で選考委員として私の文章を褒めてくださいました。私にとって終生忘れ得ぬ記憶となったのでした。今回の関さんのお手紙によって、辰濃さんが私たちの『ヒロシマ往復書簡』を読んでいて下さったことを知り、大変嬉しく思いました。

余談になりますが、私は吉村昭研究会の季刊誌に「私の耳学問」と題して、吉村さんが日常何気なく話された言葉を思い出しながら、連載（現在一六回）で書いておりますが、このたび必要があって辰濃さんの文章を引用したものを書きました。

二〇〇四年に岩波書店から発行された日本エッセイスト・クラブ編『父のこと　母のこと』の、辰濃さんの「あとがき」の言葉でした。受賞式の日、吉村さんも出席してくれていましたので、辰濃さんの私の作品への言葉を聞いていました。

その本ができた時、私は吉村さんに送りました。折り返し吉村さんから「良かったな」というお祝いの電話をもらいました。

この本は、日本エッセイスト・クラブ賞が五二回目を迎えた記念に作られたもので、受賞作一五〇編の中から選ばれたものでした。このたび改めて開いてみますと、二十名の人の作品が収録されていて、その中に関さんと私の名前もありました。ほかに、小林勇、森茉莉、竹田米吉、萩原葉子、庄野英二、大平千枝子、石井好子、安住敦、坂東三津五郎、芥川比呂志、高峰秀子、沢村貞子、篠田桃紅、渡辺美佐子、志村ふくみ、中野利子、柳沢桂子、岸田今日子さんなど、著名な人の名前が連なっています。
　そのときの「あとがき」です。

娘が父のこと、母のことを書く。
息子が母のこと、父のことを書く。
そこにはさまざまな形で描かれるさまざまな
日常のできごと、日常の物語があるのだが、
いってみればそれは書かれる側、
つまり母であり、父である人の
「愛する」という動詞の具現なのだ。
親と子の間にもろもろの感情――反発、怒り、
嘆き、悔恨などなどが含まれていようとも、

子が描く父、母の像はなべて私には
たまらなくなつかしく思える。

私はこの文章を引用した吉村研究会の四十号記念誌を日本エッセイスト・クラブ事務局の飯山千枝子さんに送りました。辰濃さんのお目に止まれば、と思ってのことでしたが、かないませんでした。

その直後に、辰濃さんの死を新聞で知りました。一二月六日、老衰のため東京都内の病院で死去。享年八十七、私と同年だったことに、感慨深いものがあります。ここで改めて。ご冥福をお祈りいたします。

そして、お手紙にありました佐伯敏子さん、丸浜江里子さんの死がありました。

佐伯さんにつきましては、昨年一一月十九日の朝日新聞の鷲田清一氏の「折々のことば」に、

ヒロシマには歳はないから。
あの日のまま何十年たってもあの日そのまま。

手記「ヒロシマに歳はないんよ」から鋭い言葉が引用されていました。

今一つは、ローマ法王が被爆写真の配布を指示したというニュースでした。この写真はナガサキで撮影されたもので、亡くなった弟を背負った少年が火葬場で順番を待っている姿を写したものでした。この写真をカードに印刷し、「戦争が生み出したもの」との言葉をつけて広めるように指示したとありました。そして「かみしめて血のにじんだ唇により悲しみが表現されている」、また「これが戦争の結果」だとメッセージを送っています。法王は、昨年一一月に核軍縮をテーマにしたシンポジウムの参加者に「核兵器は人類の平和と共存しない」と述べるなど、核廃絶を求めるメッセージを世界に投げかけていると報道されています。

「核兵器禁止条約」に背く国

●関千枝子から中山士朗さまへ

昨日（二〇一八年一月二二日）国会が開かれ、総理の施政方針演説が行われました。トランプのアメリカについてゆく、憲法は大いに論議してほしいと、年頭の記者会見より「抑え気味」ですが、改憲への熱意は明らかで、憲法改悪も今年が山ではないかと思っています。

安倍総理の施政方針演説では、「もちろんのこと」でしょうが、核兵器禁止条約のこと一言も触れていません。先日、ＩＣＡＮのフィン事務局長が来られた時も、忙しいとか日程が合わないとかで会いもせず、フィンさんと国会議員の対話の会でも、外国訪問中の外相に代わって会うことになった外務副大臣は、フィンさんと目を合わそうともせず、ひたすらペーパーを読み上げるだけ。結局核の傘に守られている日本は立場が違うと言うのですが、「唯一の被爆国」と言っているのに、何をしているかと唖然とさせられました。

フィンさんは、ＮＨＫテレビの九時のニュースでインタビューに答え、「いろいろの考えがあるのは、十分承知している。問題はそれで終わらせないで議論してほしい、本当に核の壁が役に立つものか、議論を盛り上げてほしい」と言っておられましたがその通りだと思うのです。政府に合わせて、というわけではないでしょうが、核兵器禁止条約のことは、これで終わり、現実は難しいよ、と言った考えが世間に横行していて、被爆者の証言だけは好きなだけやりなさい、と言った空気になっているのではないかと心配です。

安倍首相の施政方針について各党の質問が行われていますが、日本共産党の志位さんの質問にも核兵器禁止条約とそれに署名もしない（もちろん批准しない）政府の態度についての質問はありませんでした。もちろんほかの党も同様に、「すんだこと」のようです。志位さんは、沖縄の米軍機の事故が相次いでいることを質問しましたが、それについて内閣府の松本文明副大臣が、「それで何人死んだんだ」とヤジを飛ばし、問題になり、結局辞任しました。国会が始まって早々の暴言とお決まりの辞任騒ぎですが、あまりの発言にあきれ果てます。これで安倍人気は相変わらず高いというのですが、この国の行く末を考えると暗澹とします。とにかく、核兵器禁止条約の問題がこのままうやむやになっては困る。

先日、「なぜ、ヒバクシャを語り継ぐのか」という集会があり、国連軍縮コーディネーターであり平和活動家であるキャサリン・サリバンさん、川崎哲さん（ピースボート共同代表、ＩＣＡＮ国際運営委員）、山田玲子さん（東京都の被爆者組織・東友会の副会長）が語るというので行ってきました。皆さんの発言はそれぞれ共感できるのですが、どうして日本政府を動かせるかというと、川崎さんにしても、私たちの意見を広げていく（この会での話を一人でも多くの人に伝える）、地方議会にはたらきかける（議会の意見を国にあげる）日本の自治体の九割は平和市長会議に入っているのでこれはかなり力になる、そして自分の選挙区の国会議員に働きかけるという主張でしたが、私は無性に腹が立ってきました。

私たちも、今までいろいろの集会で、今日話したことを一人が一人に伝え、広げていこうと何度も話し合いました。でも、本当に広がっていったのか、そんなことでは権力側の圧倒的な宣伝力にかなわないのではないか。地方議会の決議にしても、「慰安婦問題」などでずいぶん努力しました。いい決議を出した議会もあります。けれども、それで問題が広まったか。地方議会のことはあまりメディアも書きませんし、一般の人には広がらない。国会議員など今の国会のあり様を考えると絶望的です。もっと国民の議論を盛り上げる効果的な方法はないのだろうかと考えてしまいます。

この日の集会の主催団体は「被爆者証言の世界ネットワーク」という団体で、この証言集会に続けて大学などでワークショップを開くらしいのですが、そんな試みもメディアは無視のようです。

とにかく、かなり多くの人が「核抑止論」を信じていることは確かです。北朝鮮の脅威が言い立てられるとさらに不安は高まります。しかし核抑止論＝核を持つ国を増やさないというやり方では結局核を持つ国を増やしてしまい、北朝鮮のような国が出てしまった。しかし、七〇〇〇発以上も核兵器を持っているアメリカに何の恐れを持たないおかしさ。先ほど、単純なミスで、ハワイでミサイル攻撃があると大騒ぎになったようですが。私はあの「間違い」を笑えません。核兵器の発射ボタンを間違って押す危険性だってあるわけです。私は、トランプさんが核ボタンを押してしまうのではないかと、その方が怖いです。

画期的な「核兵器禁止条約」について、日本政府の考えを変えさせる方法はないものか、せめて世論を盛り上げることはできないものかと憤ります。

一月一九日には女性「9条の会」の学習会で山内敏弘先生（元一橋大学教授）のお話を聞きました。参加者は最終的に四十人以上集まりましたが、十年ほど前の集会には百人前後の参加者があったことを思えば、先生の期待にはそわなかったもしれません。でも、私たちの会も高齢化し、現在では四十人の参加者を集めるのはしんどいです。山内先生のお名前を知る人も減ってきた感じです。結局若い方で憲法に興味を持つ方が増えていないということでしょうが、最終的に四十人集まったことに少し力が出ました。山内先生の話もとても分かりやすくよかったです。次に先生の発言の要約を記します。

安倍首相は、憲法9条はそのままにして3項を付け、自衛隊の存在を憲法に明記すると言っています。これだと「自衛隊の存在は国民のほとんどが認め、愛されているのだから…ということで、そのくらいいいのではない？」と思う人もいそうですが、この3項追加は、とても恐ろしいことになる、

さらに、日本の社会全体が「軍事優先主義」に転換し、徴兵制や軍事的徴兵制が合憲化する、現在の自衛隊法では防衛出動時に土木建築や輸送を業とする者に罰則なしでの業務従事命令を出すことができるが、これらについて罰則が制定される恐れがある。自衛隊の基地建設のための強制的な土地収用も合憲となり、軍事機密が横行する。防衛費はますます増え、社会保障費が削減されるだろう。軍学共同で学問の自治、大学の自治も制限される。自衛官に対する軍事規律は強化され、敵前逃亡や抗命罪が死刑になる可能性が高い。

など、驚くような変化が起きることが話されました。

私は一九四六年、はじめて新しい憲法の案が示された時、「戦争放棄」の言葉に、原爆で全滅した友のことを思い、彼女らが生きていたら、と思いました。そして戦争につながる軍隊は必要としないと信じたのですが、現在の状況は「戦争をする国」にどんどん近づいていきそうな気配が濃厚です。

次の日、一月二〇日、竹内さんの会の主催で、元京都大学の小出裕章先生のお話を聞く会が

ありました。この日は一七三人の参加者があり、会場が満員で参加を断わるありさまでした。小出先生の報告を聞けば聞くほど放射能の怖さを思いました。人間は、地球上に普通では存在しないプルトニウムという恐ろしいものを作ってしまった。プルトニウムは核兵器を作るよりほかにどうしようもない代物。そのプルトニウムを作り出す原発をまだまだ使い続け、輸出までしようとするこの国、本当に恐ろしい国になりました。

●中山士朗から関千枝子さまへ

今回、お手紙の返事をしたためようと思った矢先に、西田書店の日高さんから、私たちの『ヒロシマ往復書簡』第Ⅰ集から第Ⅲ集までを総括した書評が掲載された「図書新聞」が送られてきました。そのなかに「核兵器禁止条約の実効性を要求し続けてきた関は、政権末期とはいえ、現職アメリカ大統領として初めて原爆地を訪れたオバマの広島訪問をめぐる事象に厳しい目線を向けていく」と、評者が最も惹きつけられた個所の説明がされていました。

そして、「『核なき世界』という道筋に対しブレーキをかけているのは、他ならぬアメリカ政府をはじめとする核保有国の諸政府と、アメリカに追随するだけの日本政府ということは明確な事実だ」と言明していました。

その言葉と呼応するかのように、トランプ政権はこの二月二日に「戦略見直し」として小型核兵器開発を明記しました。つまり「核なき世界」の放棄を宣言したのです。

さらに私が驚いたことには、この米国の戦略指針の見直しについて河野外相は、「米国による核抑止力の実効性の確保と、我が国を含む同盟国に対する拡大抑止へのコミットメントを明確にした。高く評価する」と表明しているのです。唯一の戦争被爆国として、核廃絶・核不拡散を訴えてきた主張との整合性が問われる発言内容ではありませんか。

こうした事実を整理しながら考えていますと、現在の各国の政治家に戦争を体験した者がいなくなったということでしょうか。そして、歴史から学ぶことを忘れた者に、政治を委ねる恐ろしさを感じないではいられません、先日、朝日新聞の鷲田清一氏の「折々のことば」の中に、元総理大臣・田中角栄氏のことばが引用されていました。戦争体験者が政治の中枢にいる間は大丈夫だ、平和について語る必要はないという趣旨の発言でした。それにつけて思い出されたのは、つい先頃亡くなった野中広務氏が反戦の信念を貫いて政治活動に終始したという新聞記事でした。

そして、この手紙を書いている最中に、古庄ゆき子さんから大分の「赤とんぼの会」の機関紙が送られてきました。東京で開催された、女性「9条の会」主催による「盧溝橋事件から80

年／戦争の始まりを考える」会の記事が載っていました。その中に関さんが講演された「教育勅語ってなあに」が古庄さんによって要約、解説されていました。時を同じくして、関さんの手紙が届きました。

手紙には、国連コーディネーターであり、平和活動家であるキャサリン・サリバンさん、川崎哲さん、山崎玲子さんが語る「なぜヒバクシャを語り継ぐのか」という会、女性「9条の会」の山内敏弘一橋大学教授を招いての学習会、さらに元京大教授・小出裕章先生による放射能に関する講話などに出席されて、絶えず、見識を深めておられることを改めて知りました。

それに比し、同じ被爆者でありながら、今の私は、限られた余命をいかに生きるか、そのことのみ考えて暮らしているのです。以前、手紙に書きましたように書ける間は書く、つまり書くことが私の命です。被爆後、精いっぱい生きてきたことの証として書き残しておきたいのです。

こうして関さんへの手紙を書いている最中、昨日（二月一〇日）の大分合同新聞・朝刊に河内光子さんの訃報記事が出ていました。

河内光子さん　一月二二日、副甲状腺腫瘍のため広島県廿日市市の病院で死去。八六歳。広島市出身。葬儀、告別式は近親者で営んだ。一三歳の時、爆心地から一・六キロにあった旧広島貯金支局で被爆。約三時間後、現在の広島市南区にある御幸橋でセーラー服姿のまま応急処置を受けている様子が中国新聞カメラマンの写真に収められていた。

・河内光子さんにつきましては、私たちの『ヒロシマ往復書簡』第Ⅲ集の70「閉ざされていた写真」のなかで書いています。これは、関さんも私も観ましたNHKテレビ番組「きのこ雲の下で」のなかで、この写真が七年間閉ざされていたという解説があり、関さんがNHKに問い合わせたことから話題となったものでした。関さんも私も直後にその写真を見た記憶があったからです。

その写真が被爆後二八年経った昭和四八年六月二三日、広島平和記念館で開かれたヒロシマ・ナガサキ返還被爆資料展の会場で「一番手前にいる女学生（三角エリに一本線が入ったセーラー服）は私です」と名乗り出た婦人がいた、と報じられたことからNHKはそのように解説したのでした。今、橋の西詰めには、この写真を嵌め込んだ記念碑が建てられています。

このように書簡を交わすたびに、私たちと同年代の被爆者の死を伝え聞かざるを得ませんが、生かされている間は筆をとり続けたいと願っています。

17

演劇と俳句を貫くもの

二〇一八年三月

●関千枝子から中山士朗さまへ

今回は私事に関する、身辺雑記のようなことを記します。

この二週間ほど、不思議なことに、『広島第二県女二年西組』の朗読劇や朗読がつづき、なんだか忙しい日々でした。

二月一一日、山梨県の「山なみ」という劇団が朗読劇をしてくださいました。前にもお話ししました関西の熊本一さんが、大阪や生駒のシニア劇団で私が三〇年前に書いた脚本を上演してくださり、それを全国に広めたいと、リアリズム演劇集団の機関誌「演劇会議」に掲載してくださったのですが「山なみ」の方はこれを見て、上演を思いつかれたのです。ただ、ご自分の考えがあるようで脚本をいろいろ書き換えられたのですが、私は書き換えは構わないが事実と違うことは困る、これは「ドキュメンタリー」なのでと、二回にわたってやりとりをしました。それから音さたなく、どうなったのかしらと思っていたら、一月も末になって山梨に住む早川与志子さんから「あなたの劇が上演されるらしいけど甲府に来るの？」と電話がかかりびっくりして、「山なみ」の主宰者、河野通方さんに電話したところ「流感で寝込んでいて連絡が遅れた」とのこと、主宰者が寝込んでいて無事にドラマができるのかとまた心配。そのうちやっと招待券とチラシが届きましたが、演出は別の方のようで少し安心して、甲府まで足を延ばしました。

会場は山梨文学館の講堂。ミレーの絵で有名な山梨美術館のすぐそばで立派な建物です。講堂も広くて立派です。入場者数は七割位でした。採算は大丈夫かしらとそんなことが気になるのですが、早川さんによれば、山梨は人口も少ないし、客足はどうしてもこんなことになるとのことです。山梨というと保守的なイメージですが、講堂の隣の部屋では、「2月11日を考える集い」をやっていてそこにも人が集まっていました。

さて劇の方ですが、とにかく見事な出来で驚きました。この脚本は前半は原作の中からとった被爆遺族の嘆きですが、後半は靖国神社の合祀の問題や戦争の加害を告発します。この部分がかなり長いのですが、熊本さんが主宰するアマチュアのシニア劇団では少し難しいからと靖国のことだけに絞って後はカットして上演されたのですが、「山なみ」はこの分もカットせず、朗読されます。演者の力量に感心しました。終わってからの主宰者あいさつで、河野さんは「戦争を知らないメンバーが戦争のことを一生懸命勉強して演じました」と言われ私も、舞台に引っ張り出され、観客と演者の方にお礼を申し上げました。

後で聞いたところ「山なみ」は劇団創設以来六十二年という歴史をもち、出演者たちは日頃ほかに仕事をしている人が夜などに演劇の勉強し、年に一度か二度、公演し頑張っているそうです。六十二年も頑張っているなんて本当にすごいことですね。

一八日は、江戸川区のタワー船堀というところで平和コンサートがあり、その中で「二年西組」の朗読が入るというので行きました。これもどういう会なのかよくわからなかったのです。江戸川というととても遠いような感じがしたのですが、意外に早く着き、船堀駅を出ると真ん前のビルが船堀タワー。きれいなビルです。おまけにコンサートは無料だそうで、小ホールが会場なのですが、多分二〇〇人くらい入りそうなホールに人がいっぱいです。聞けばこの会、江戸川区の被爆者の会の主催ですが、江戸川区などから補助があり、無料でこんなことができるそうで驚きました。でも毎回コンサートだけで、今回「新しい試み」として朗読を入れてくれたのは、会長さんがたまたま私の本を読んでくださり、感動して、ということで、ありがたく思いました。

朗読は呉市出身のフリーの女性アナウンサーで、本のはじめの方を中心に、忠実に読んでいただきました。弦楽のバックミュージックが入り、とても感興をそそりいい感じでした。

第二部は江戸川区に住む演奏家の弦楽五重奏。楽しい音楽もたくさんあってよかったです。でも、この会はこんなことに慣れていないようで、私が参加していることは紹介してくださったのですが、核兵器禁止条約のことなどアピールする機会はなく、少し残念だったのですが、江戸川の方やフリーのアナウンサーの方など新しい方とお目にかかれてうれしく思いました。

二一日は、「安保関連法制女の会」の違憲訴訟の公判があり、この日意見陳述した原告の中には、長崎の被爆者がおられました。この方は無事だったのですが、爆心地近くの工場に動員されていたお兄さんが被爆、亡くなるのですが、当時、大切なズックの靴の片方を大事に抱きしめて家にたどり着いたということです。私の友も下駄で通学していた人も多く、原爆で足も焼けて裸足になり、痛さにうめきながら逃げた友のことを思い出しました。

二五日、川崎、武蔵小杉の中原市民館で「中原・平和を願う原爆展」の被爆者証言に行ってまいりました。この主催者たちは原水協で懸命に平和活動をしている方々で、私も何度か行ったことがあり、「慣れたところ」なのですが。武蔵小杉は以前は南武線と東横線が交わる、それだけの町だったのですが、今、例えば私が品川から鎌倉に行こうとして横須賀線に乗ると東海道をまっすぐ行かず、武蔵小杉に行きそこから横浜に向かうのです。品川からほんの一〇分くらいで、高層ビルが立ち並ぶ武蔵小杉に着いてしまうのでびっくりしました。なんだか、今〝住みたい町〟の人気がトップだとか、すごくモダンな町になっています。

そんな感慨を抱きながら、原爆展の会場へたどり着きました。中原市民館のギャラリーは超人気で、場所取りの抽選で大変。やっと取れたのがこの二月末です。でも八月になると平和、原爆で大騒ぎし、八月を過ぎると忘れてしまうのが常態になっている今、二月の原爆展は〝すばらしいこと〟かもしれません。

ギャラリーの真ん中の机を囲んでの話し合い、参加者は多くないのですが、みなさん熱心で良かったです。私も自分の体験、建物疎開作業のこと、そして被爆者の思い、核兵器禁止条約のこと、日本政府への怒り、思う存分話させていただきました。

この原爆展が第八回というので、私、以前この会に姉と話しに来たことがあったので、聞いてみました。「そうですよ。あの時（二〇一〇年一〇月）が第一回です」と言われるのです。姉、黒川万千代はその年、急性白血病を発症いたしました。彼女が病気になったというので、今まで被爆の話をさせてもらっていたところが全部断ってきました。姉の体を心配してくださったのでしょうが、「死ぬまで話をしたい」姉は、残念に思っていました。そこへこの中原の話です。おまけに私も一緒です。私と姉が二人一緒に原爆の話をしたことはなく、これが初めてで姉は大いに張り切り、語り、心から喜んでいました。この年の暮れあたりから姉は急に衰え、亡くなりました。その半月後に3・11。福島原発の事故を知ったら姉はどんなに怒っただろう、あの前に死んでいてよかったと私は思いました。

この第一回に参加した方が、その時の写真を持ってきてくださいました。姉の顔は本当に元気そうです。でも抗がん剤で髪が抜けているのでしょう、帽子をかぶっています。横に座っている私も〝若い〟です！　この時まだ七〇代だったのですね。そしてこの八年間の世の中の動きを思いました。あの時核兵器禁止条約ができるとは思わなかったし、こうまで日本政府がひどくなるとは思いもしませんでした。

●中山士朗から関千枝子さまへ

前回の手紙で、朝日新聞の鷲田清一氏「折々のことば」から、田中角栄元総理が新人議員たちに語ったとされる言葉を引用しました。その折、新聞の切り抜きが見当たらず、記憶で「戦争体験者が政治の中枢にいる間は大丈夫だ。平和について語る必要はない」という趣旨の発言でしたと書きましたが、正確には、

「戦争を知っている世代が政治の中心にいるうちは心配ない。平和について議論する必要もない。　田中角栄」

と引用されていました。

これについて鷲田氏は、

「跨ぎ越してはならない線がどこかを教えるのは、体験の重しである」と解説しています。まさに、現政権は重しが取れ、戦争へと向かう果敢ない状況を作り出しているように思えてなりません。

この「体験の重し」という言葉を反芻しておりましたら、戦争体験者、被爆世代の死が相次いで報じられる、昨今の思いと重なり合うのを覚えました。

折しも、俳人・金子兜太さんの逝去（二月二〇日）の報に接しました。新聞の記事によると。病名は急性呼吸迫症候群、享年九十八歳。読みながら「対話随想」26に、昨年一〇月三〇日の朝日俳壇・金子兜太選の句を載せたことを思い出しました。

腰据えてがんとの闘い大根蒔く　（奈良県広陵町）松井矢菅

その後、昨年一一月二〇日の選に、

晩秋やあっさりと癌告知さる　（向井市）松重幹雄

の句があり、私の胸中に深く残りました。

これらの句が、当時、大腸癌を告知されたばかりの私に影響したものと思われましたが、それとは別に、金子兜太さん自身の心に反映した句として選ばれたものではないかと思って、切り抜いておいたのです。

金子兜太さんの死後まもなくして、二月二五日のＮＨＫの「ＥＴＶ特集」で金子兜太さんをめぐるドキュメンタリー番組が再放送されました。

癌の手術を受けて入院中の金子兜太さんの姿が写し出されているのを見て先に引用した選句は、まさしく金子兜太さん自身の心象を反映したものだと思いました。担当医は、「悪いところは、取ってくださいとあっさりした方でした」と語っていました。その言葉を聞きながら、手術を断り、経過観察で日々を過ごしている自分の姿をあらためてみつめ直した次第です。昨年、ペースメーカーの四回目の電池交換手術を行いましたが、その直後に感染症に罹り、肺炎を起こした経験から、どうしても手術を受ける気にはなれなかったのです。

すっかり話が横道に逸れてしまいましたが、私は以前から、私たちの「対話随想」に金子兜太さんの句に見られる、生き方の原点について書いてみたいと常々考えておりました。

金子兜太さんは、晩年まで戦争反対の声を上げ続けた俳人でした。この原点には、海軍主計中尉として赴任した南太平洋・トラック島での戦争体験がありました。

水脈《みお》の果て炎天の墓碑を置きて去る

この句は十五ヵ月間の捕虜生活を終え、日本へ帰る船上で作られたものでした。戦争がない世の中を作り死者へ報いるという決意は、晩年になっても変わることはありませんでした。その表れが安全保障関連法案への反対が広がった二〇一五年には、「アベ政治は許さない」と揮毫したプラカードが、全国の会場で揺れたと言います。

また、俳句の世界では、「社会性俳句」に取り組み、前衛俳句運動の中心となって戦後の俳句運動の旗振り役をつとめました。そして季語の重要性は認めながらも、季語のない無季の句を積極的に詠んだのです。

季語のない句、この言葉から私たちが現在も続けております「ヒロシマ往復書簡」に続く「対話随想」も、季節、空間、時間の定めなく書いていることに気づきました。これは、かつて中国新聞社にいた故大牟田稔さんが提唱していた言葉でした。関さんも私も、原爆被害が原点となって生き、書いているのですが、ひっきょう死者に報いるためのものです。とりわけ関さんは、核兵器廃絶を目指して活動を続けておられるのです。金子兜太さんが晩年まで、戦争反対の声を上げ続けたように。

手紙の冒頭で、田中角栄元総理の言葉に触れましたが、資料を当たっておりましたら、大分合同新聞の金子兜太さんへの追悼文の中に、次のような文章がありました。

「近年、ナショナリズムが台頭する風潮が強まると、戦争反対の声を上げる機会が増えた。晩年のインタビューでは、戦争体験者がほとんどない国会で、「戦時」を議論する「危なっかしさ」を指摘した議論を見ていても、戦争への恐怖心を感じない。あの残酷な状態を体験したらね、戦争につながる事態を作り出すことに、もっと警戒するはずなんです。」

このたび関さんへの返書、最後に原爆を詠んだ金子兜太さんの句ならびに選句で結ばせていただきます。

二〇一七年八月、原爆の図丸木美術館を初めて訪れた際に、同館学芸員の岡村幸宣さんの説明を受けながら、第一部「幽霊」をじっと見つめるうち、口ずさんだ句。

湾曲し火傷し爆心地のマラソン

第二部「火」、第三部「水」を見ての思いを託した句。

被爆直後夫妻の画像大きく太し　兜太

「選句」から

冷まじや聾者の被爆語る手話　（埼玉県宮代町）　酒井忠正
母のもとに還る流灯爆心地　（山口市）　浜村匡子
核なくせ灼けて丸山定夫の碑　（相模原市）　芝岡友衛
平和こそ山川草木みな笑ふ　（川崎市）　神村謙二
陽炎や全ての戦争許すまじ　（飯塚市）　釋　蜩硯
忘れめや生きてる限り原爆忌　（成田市）　神部一成
人類史角番にあり夏に入る　（東京都）　望月清彦

金子兜太さんには、次の二句もあります。

原爆許すまじ蟹《かに》かつかつと瓦礫《がれき》歩む
被曝《ひばく》の人や牛や夏野をただ歩く

この手紙を書き終えた日の大分合同新聞の「声」の欄に、大分市の田口次郎さん（八四歳）という方の文章がありました。

「水脈の果て」の句に、硫黄島で戦死した兄の記憶と重なったことが書かれた後に、「十数年前、東京で平和憲法を守ろうと〈俳人　九条の会〉が結成された。呼び掛け人の中に金子さんの名前があり、敬意を深めた。大分県でも金子さんらの呼びかけで「俳人九条の会・大分」が結成された。金子さんらの反戦の意志に応える取り組みをしたいと思う。」

という追悼の文章がありました。

澤地久枝さんの満州

二〇一八年四月

●関千枝子から中山士朗さまへ

例年より早く桜の開花です。私の住む町は、東京の臨海地域の団地。時折吹く風が寒いことがあり（海風？・ビル風？・）、桜はまだまだと思っていましたら、昨日（三月一九日）もうかなり花が開いておりました。が、本日は朝から雨、ひどく寒くて、せっかくの桜も一時休みになりそう。それにしても、世の政治も悪いが、天気も不順、困ったものです。

政局は森友問題における財務省の文書改ざん問題で、安倍内閣の支持率急落です。国会前は連日、人で一杯です。全く安倍政治は悪政のかぎりで、ことに今回明らかになった公文書の改ざん問題など、民主主義政治の根幹を揺るがす大問題です。これを、佐川さんという一官僚の問題でお茶を濁すなどとんでもないことで、何とか内閣総辞職に追い込めないものかと思っています。そうなれば安倍氏のもくろむ憲法改悪の国会発議も遅れるのではないか、など思うのですが……。

ただ、私は、とても国会前に立てませんから、若い人（七〇台の人も私に言わせれば若い人）たちに頑張って！　と思うだけです。しかし、あの六〇年安保闘争の時、国会前を埋め尽くした人々の安保反対の怒号に、「後楽園にはもっと大勢の人がいて野球を楽しんでいる」と言い放った岸信介。彼は最後まで民の声を無視し続け、日米安保条約を固執。その孫も、「頑張り抜く」と蒙昧一途。彼の手法は岸以上というか、とにかく汚いですね、官僚や夫人ともども親交がある籠池夫妻に罪を押し付け、自分や妻などは絶対に悪かったと言わない。下劣な行為を全く顧みないで意味のない海外行脚を続けています。

こんな中、三月一七日、ｗａｍ（女たちの戦争と平和資料館）で、澤地久枝さんの「満州の引き上げ体験を語り継ぐ」という話がありました。澤地さんが一昨年、『14歳（フォーティーン）満州開拓村からの帰還』（集英社新書）を出されたので、そのことに関連するお話です。澤地さんは戦中「軍国少女」で満州にいたことも恥ずかしくて体験を語れなかった。戦後進駐して来たソ連兵の将校に強姦されそうになったのを、お母さんの必死の抵抗で救われたと言っています。

私も澤地さんの満州での体験を聞いたことがなく、ぜひ聞きたいと思い、行ってみました。前に澤地さんが満州で敗戦を迎えたことは聞いたことがあると思っていましたが、開拓村ではなかったはず、など、素朴な疑問もありました。

集会の場所は西早稲田の早稲田奉仕園の中。決して便利な場所ではありません。私はバスの遅延その他のことを考え余裕をもって出かけ、開会の一時間近く前に到着したのですが、もう何人かの方が受付を待っておられました。会場は補助席を入れると百人は入れるのですが。入りきれず別室の映像放送で見る方もあり、澤地さんの「人気」が分かりました。

澤地さんは、ご存知の通り「9条の会」の呼びかけ人の一人で、大江健三郎さんが体調すぐれないのか、このごろほとんど外に出られないので、今、澤地さんが孤軍奮闘しておられる状況です。でも澤地さんは大変お元気で、ついこの数日前もある会でお会いしましたが、大きな声で雄弁に語られ、とても感動いたしました。澤地さんは私より一年上（つまり中山さんと同学年）ですが、このごろかえってお元気になっておられるのではないかと思いました。

この日も大変な「張り切りよう」で九十分の講演のはずが二十分近くの時間オーバーでしたが、だれも止められないくらいの迫力でした。

ｗａｍが主催ですから、当然、性暴力のこと、澤地さんがずっと話せなかった戦時性暴力、（満洲開拓村の女性の中では、村の男性たちによってソ連軍に差し出された人もいる）のことを中心に話してもらいたかったのでしょうが、澤地さんのお話は、やはり今の状況のことをまず話され、それが中心のようになりました。

私も満州のことに非常に関心がありまして、それは私の学年が「満州事変の年の生まれ」だからです。満州事変が起こった時人々は熱狂して歓迎、支持したのです。もちろん生まれたばかりの私（私は正確には「満州国」が建国宣言した一九三二年三月の生まれですが）に判る筈がないと言われたらその通りですが。

参加した動機のひとつには、中山さんのこともありました。あなたの奥さまは、満洲銀行におられたということです（実はこれも、奥様が亡くなられてからずいぶんたってこの「往復書簡」のやりとりの中で知ったのですが）、奥様の深い感慨のようなものを感じたのです。あのころの日本全土を覆った「満州国」への期待。「王道楽土、五族協和」への共感。よその国に行って「理想の国」を作るなど、おかしいことだ、など誰も思わず、満州万歳、これからは満州だ、と思った、あなたの奥様も、満州の理想にあこがれ満洲銀行に入られたのではないか。そして、あの敗戦で、「満州って何だったのか」と思いつつ、苦しい帰国。満州への疑問や、しこりを抱えつつ、過ごされた。あの戦争への深い拘り、多分それが中山さんとのご縁となったのではないか。これは私の勝手な想像にすぎませんが、なんとなく、そんなことを思ったのです。

澤地さんの場合は、お歳のせいもあって、少し事情は変わるようです。お父さんは貧しい大工だったようで、昭和の恐慌で食べて行けず、満州に渡ったようです。だから、満州建国の後、満州の理想にあこがれて……、と言った方々とは動機が違うように思えました。

満鉄社員と言っても下級の社員で、吉林にいたが、とにかく社宅を見ればどんなに身分が低いかすぐわかる。満鉄だっていろいろよ、と言っておられました。

羽田澄子さんも満鉄社員の娘で大連にいらしたそうですが、どうも羽田さんの方が地位の高い社員だったようですね。羽田さんは長く開拓民の惨禍のことは知らず、そのことを知らなかった自分を恥じて、満蒙開拓団の悲惨を映画にされるのですが。澤地さんの場合は、昭和一八年、吉林の国民学校を卒業、吉林高等女学校という日本人だけの女学校に入ったが、中国人の女学校はそのころでもスカートをはき、そのスカートに赤い線が入って奇麗だったのに、日本人の女学校の方は国民服と決められ、中国人の方が豊かに見えたというのです。

戦況が悪くなると校庭に大きな穴が掘られ、馬糞をその穴に入れてのたい肥作り。学校の校庭も畑になり野菜を作るが、その野菜を食べた記憶はなく、教師が食べてしまったらしい、と。

敗戦の年（一九四五年）は、水曲柳《すいきょくりゅう》というところの開拓村に行かされた、そこで六月一〇日から七月一〇日までいた。澤地さんも開拓村の実物を見るのはそれが初めてだったようです。泥の家で、窓もなく、電気も水道もない。そんなところで女学生たちは一か月間働き、吉林に戻ってきた。そうしたら八月九日にソ連参戦。「日本の勝利を信じて疑わない」少女にとって信じられない日々。そしてソ連軍の将校二人が押し込んできて強姦されそうになったのを母の命がけの抵抗で助かったそうですが、それから日本にたどり着くまでの二年間の苦労。「この二年間に私の戦争はあった」と言っておられました。

しかし、七月に開拓村から帰ってこられたのは幸運でしたね。もしそのまま開拓村にソ連軍参戦までいたら大変な事で、開拓農民の女、子どもの悲劇が、澤地さんの身に襲い掛かってきたかもしれない。日本にたどり着けなかったかもしれません。

帰れなくなり、中国人に育てられた残留孤児たち。その中で当時一三歳以上の女の子は「自分の意志で帰らなかった」とされ、帰国が認められるまで大変だったのです。いわゆる「残留婦人」です。

私の生まれたころ、多くの人々は満州に酔い、「満州帝国」を歓迎したのです。十五年後あのような惨劇になるとは誰が思いましょう。十分に賢いと思われる人々が先が読めないのです。でもそれを嗤えるでしょうか。

これを書いてから十日。桜はあれからすぐ満開、今日あたりでサヨナラです。この間国会で前国税庁長官佐川氏の喚問。刑事訴追されそうだからと五十回も証言を断り、安倍夫妻や官邸からの指示は全くなかったというあの答弁。誰が見ても嘘としか思えない。何とも情けない国です。

●中山士朗から関千枝子さまへ

今回の往復書簡に添えられたお手紙を読みながら、関さんが指摘されたように、昭和五年、七年生まれの私たち（昭和一桁生まれの人も含めて）が生きてきた原点は、原爆被爆のみならず、戦争がもたらした時代を生きてきたことを改めて認識した次第です。

昭和四年一〇月、ニューヨーク株式市場の大暴落による世界恐慌に端を発する、国内の恐慌深刻化、昭和六年九月一八日の柳条湖事件によって満州事変が始まり、翌七年三月、満州国建国宣言がなされました。

私が小学校に上がった昭和一二年七月七日には、盧溝橋事件が発生し、日華事変となったのでした。そして昭和一六年一二月八日には、太平洋戦争がはじまりました。

その太平洋戦争も、昭和二〇年八月六日に広島、九日には長崎に原爆が投下され、一五日には終戦の詔勅が下されたのです。

そうした歴史の流れの中で、文部省「国体の本義」の配布、文化映画の強制上映、国民学校令の公布、学徒出陣命令、中学生の勤労動員大綱の決定、学徒動員実施要綱の決定、学徒勤労令・女子挺身隊勤労令の公布施行などと言った文字が年表の中にひしめいています。そして、戦後の悲惨な状況が続き、そうした環境の中で、私たちは学生時代を過ごさねばならなかったのです。

関さんが手紙に、「とにかく私たちは日本のもっとも悪くなる時代に生まれ、もっとも悪い時代に中学（女学校）、新制高校という、本来なら多感で夢多く楽しい時代を、さまざまな思いを生きたのだと思って……」と述懐されていましたが、改めて私自身の過去を振り返ってみましても、そのように思わざるを得ません。

ちょうどここまで返事をしたためたところに、不思議ですね、まるで打ち合わせでもしたかのように、関さんもご存知の佐々木美代子さんから、取材を受けた時の特集記事が掲載された中国新聞（三月一九日付け）が送られてきました。

それは、皆実高校（広島市南区）の同窓会が、前身の県立広島第一高女（第一県女）の卒業生七六〇人を対象にアンケートを行ない、戦時下の学徒動員に関する資料をまとめて紹介したものでした。資料集はB5版、291ページにまとめられています。第一県女では建物疎開に出た一年生二百二十三人が原爆で死亡しています。新聞の見出しは、

〔「お国のため」少女動員〕となっており、動員に至るまでの法令、措置要綱の公布などに合わせて、第一県女の動員状況が一覧表としてまとめられ、当時の写真とともに掲載されていました。そして、終わりに動員学徒代表として佐々木さんの言葉が載っていました。

関さんが手紙のなかで語られた思いと共通するものがありますので、全文を引用してみます。

普通に授業があったのは、一年生の時だけ。勤労奉仕が始まると、陸軍被服支廠で軍人の肌着のボタンを付ける作業をした。糸と木綿針を渡され、一日中働いたと思う。

宇品の陸軍糧秣支廠へも行った。最初は一カ月に数回、徐々に増え、三年になると毎週のように勤労奉仕をした……。英語の授業はなくなり、なぎなたなど武道の時間が増えた。

四年生の1年間は一度も授業を受けた記憶がない。校舎の2階が工場になり、南方の戦地へ行く兵隊のために蚊帳を作った。ヒルが落ちて来るのを防ぐ蚊帳。マスクをしていても、みんな鼻の周りに緑色の塗料が付いた。毎朝、起きたら鉢巻を巻いてモンペをはき、学校工場へ行く。朝7時半ごろから夕方まで黙々と働いた。「お国のため」と洗脳されていたからか、無理に働かされているとは感じず、苦しかったけれど楽しかった。

「県女生の仕事はきちんとしている」と軍人に褒められたこともあり、「よその学校には負けられん」と必死だった。三年生の動員が始まった一九四四年一〇月には、代表で「壮行の辞」を読み上げたことがある。いよいよ下級生も動員されるのだな、と緊張した。

振り返れば、憧れの県女に入ったのに学生らしい生活は全くできなかった。県女を卒業後は広島女子専門学校に入学したが、川内村（現安佐南区）へ移った工場にしばらく動員された。原爆で父を失い、戦後は生きるのに必死で勉強どころではなかった。あの時、もっと別の方向へ一生懸命だったら、と残念に思う。

新聞に添えられた手紙には、「私、何時の間にか九〇歳の声を聞くことになりました。不思議な感じがいたしております。」また、「だんだん忘れることが増えてきました。困ったものです。四月五日にＡＢＣＣ（放影研）に健康診断にまいります。」とありました。

佐々木さんはそれと同時に、東京のメディアコネクションの取材を受けたということでした。終戦前の学徒動員の際、看護組という一クラスができましたが、その取材のようでした。看護組は、空襲などの時に、看護婦さん、医師の不足を補うためにできたクラスだと佐々木さんは説明されていました。赤十字病院での実習や各科の看護などがアニメーション化され、完成するのは年末になるということでした。それまでは元気に過ごしたい、と佐々木さんは思っておられるようです。

もっとも悪い時期に遭遇し、多感な学生時代を過ごしたと関さんが言われるように、佐々木さんの手紙からもそのことが実感できます。

次に、「女たちの戦争と平和資料館」での澤地久枝さんの「満州引き上げ体験を語り継ぐ」という講演の内容を読み終えて、関さんの満州建国の理念への疑い、とりわけその理念に欺かれた開拓農民の悲劇、引揚げの苦難に並々ならぬ心寄せを感じました。

澤地さんのお話の中に、敗戦の年の六月一〇日から七月一〇日まで、開拓村に行かされた話がありました。泥の家で、窓もなく、電気も水道もないところで、女学生たちは一カ月働き、吉林にもどってきたのでした。ソ連軍参戦前に吉林にもどることができたのは、不幸中の幸いでした。この個所を読んだとき、私は友人の田原和夫君が書いた『ソ満国境15歳の夏』（一九九八年八月一五日発行、築地書館）を思い出さずにはいられませんでした。

本書の扉を開くと、

「新京一中東寧派遣生徒隊が、敗戦に際し、国軍に見捨てられてどんな状況に陥ったのか。ソ連軍の捕虜になってどんな目に遭ったのか、そしてそもそもなぜそんな悲惨な事態が生ずるようなことになったのか、その渦中にいた一人として当時の一部始終を記録したものである。祖国の敗戦に殉じた新京一中東寧派遣生徒隊の級友はじめこれら少年少女のために、このささやかな記録を捧げる。」

と、書かれています。そして、著者は「はじめに」で、

いつまで五十年以上も前のことに拘っているのだろうか。自分でもそう思うときがある。けれども、それでもこだわっている。

「ソ満国境最前線の「東寧報国農場」に中学生を派遣する、派遣校として新京一中三年生百三十名をあてる」という決定は、どこでどういうふうに行われたのであろうか。

これは、私が新京に帰り着いて自分の生還を自覚した時以来、ずっと抱き続けてきた疑問

である。そして、それは、いまだに解明されていない。
この問題に漠然と立ちふさがるのは、「官僚の無責任性」という巨大な壁である。
東洋平和、国体護持、忠君愛国、滅私奉公などというもっともらしい大義名分のもとに、陸軍軍人の官僚システムが、統帥権を振りかざして国家を統治した。その実、一皮むけば、自分に都合の悪い事実は発表をのばし、どんな失敗に対してもそれをもたらした決定の責任を回避して、自己の属するセクションの防衛と自分の保身、立身出世をはかるという習性がビルト・インされている。つまり問えば問うほど「誰もが間違った決定はしていない、責任を問われる決定はしていない」という答えが返ってくるシステムである。

と、現代にも通ずる、厳しい批判の目が注がれています。

いまとなっては解明は難しいのかもしれないが、私は生還以来この疑問をあくまで追求していくつもりである。この記録を通して、統治者や指導者の情報公開、透明性、説明能力などがいかに大切な事であるかということを、述べてみたい。（中略）
本書の読者と共にこれを再確認することで、生まれ故郷を喪失してしまったひとりの少年の夏のささやかな体験記が、この歴史の中の一こまとして、何ほどか読者に訴えることになれば幸いである。

とも述べられています。

本書は、前線、無差別攻撃下の五日間、敗戦、捕虜、開拓団跡地、収容所生活、帰途、生還、救出隊など10章で構成され、終章は故郷喪失となっています。私が、田原君を知ったのは、広島の中島小学校（当時は中島国民学校）の五年生のときでした。

「父のすすめで、新京白菊小学校の五年生のときにひとり家を離れ、父の故郷である広島に行った。親戚に預けられて市内の中島小学校から県立一中（旧制）に進学した。」

と記述されているように、クラスは異なっていましたが、昭和一八年四月から同じ中学校に通っていたのです。しかし、昭和一九年秋から学徒動員令によって、私たちの学校では、二年生も通年動員となり、クラスごとに分かれて軍需工場に通うようになったのです。田原君のクラスは、広島市の西の郊外・高須にあった広島航空という軍用機工場に派遣され、飛行機の部品組み立て作業をしていました。私は東の郊外・向洋《むかいなだ》の東洋工業（現・マツダ）に通い、航空機のエンジン部品の製作に従事していました。ですから、私が田原君と最後に会ったのは、二年生の二学期に入ってまもなく行なわれた壮行会のときでした。私たちは「ああ、紅の血は燃ゆる」を斉唱しながら、校門を後にしたのでした。

しかし、田原君は翌年の五月二日に、広島一中から新京一中に転入学していたのでした。米軍が沖縄に上陸し、戦闘が本土に近づいてくるようになってきて、心配した父親から進学どころではないと呼び戻され、四月末、四年半ぶりに新京に帰って行ったのでした。田原君のお父さんは、当時、満州国政府の外交部の要職についておられました。そして、転校してひと月も経たないうちに動員令が下り、東寧に向けて出発することになったのです。

そうした事情を知らなかった私は、戦後に開かれた広島一中同学年の同窓会が東京であった時、はじめてその事実を知ったのでした。

田原君が広島を去って三ヵ月後に、原爆が投下されましたが、田原君と同じ工場で働いていた級友は、当日、爆心地から八〇〇メートル離れた市内の土橋町で建物疎開の屋外作業に従事していて、担任の先生はじめ全員が原爆の熱線を浴び、ほとんど即死の状態で死亡したのでした。

関さんの満州に対する思いは、私にもさまざまなことを思い出させました。亡くなった妻が、敗戦によって国家に見捨てられた時の悲惨な状況を語ったことが、今も強い記憶として残っています。

19

『記録—少女たちの勤労動員』のこと

二〇一八年五月

●関千枝子から中山士朗さまへ

お返事大変遅くなりましてすみません。

前便でさんざん現政府、安倍首相にたいする憤りを書きましたが、さらに今度は、財務省事務次官のセクハラ問題まで出てきて、怒りを通り越しあきれ果てています。福田本人もですが麻生財務大臣の態度の酷さ。彼を引責辞任させたら、安倍政権はがたがたになりますから、なんとしてもやめないつもりでしょうが、あのセクハラ発言に対し、「はめられた」という抗弁は二次セクハラとしか言いようがありません。しかし、テレビで女性記者と福田の会話を聞きましたが、明らかにセクハラ。卑しいとしか言いようがありません。福田という人は神奈川県の名門校、湘南高校でトップの優等生で生徒会長までした人ですって(湘南在住の人に聞きました)。そして東大に入ってもトップの秀才で、大蔵省に入り出世街道まっしぐら。そんな人が、女性に対してあの野卑な物言い。何でしょう。そんな「優等生」たちがこの国を動かしている。いやもう恥ずかしいかぎりです。財務省は彼を減給処分にするそうですが、五千何百万という私など想像もつかぬ額の退職金から、百何十万の減給分を差し引いても何の痛みも感じないでしょう。これを最後まで詰められない野党の弱さは如何ともしがたいですね。

さて、この前のお手紙の返事が遅くなったのは、広島第一県女の学徒動員の記録を作ったことが、佐々木さんからのお手紙に関連して書かれていたことでした。いえ、これは悪いことではなくいいことですが、私が絶句してしまったのは、実は戦時下の女子学生の勤労動員の実態、記録に関しましては、一九八〇年代の終わりごろ、各地の元女学生たちによって記録集や文集がたくさん出ました。それが新聞などで報じられ、当事者たちは「戦時下勤労動員少女の会」を一九九一年に作りました。そして、当時のことなどを話し合ううち、女子学生たちが一年半も学業を放棄させられ、働かされたことは大変な事なのに、文部省（当時）や各県の教育委員会にも資料が少なく（具体的な資料が全くない県もある）、これは自分たちの手で資料を集め、全国的な記録を作ろうと作業を始めました。

手作りの作業で、一九九六年『記録――少女たちの勤労動員』を作り上げました。これは、東京都女性財団の助成金で作りました。当時、女性年からの女性運動の盛り上がりは大きく、特に金があった東京は、相当の助成制度がありました。

この出版に対し反響は大きく、連絡のついていない「元勤労動員少女」から新しい情報も入り、二刷りも出し、ジャーナリスト平和協同基金の賞も得ました。

この会ができたころ、私は当事者ではないという思いでした。しかし、私のクラスは「臨時動員」で建物疎開作業で死んだのですから。姉たちのことでもあり、勤労動員に大いに関心があったので、新聞記者として取材に行き、何度か記事に書いたのでした。そのうち会の方から、戦争末期の一九四五年三月、戦争の緊迫した状況のため、国民学校初等科を除き学業一年間停止という決定をし、女学生も中学生も全員働けということになったことを教えられました。つまり私たちが工場にまだ行かなかったのは広島には工場が多くなくて、行くところがなく、学校で勉強をし、時々臨時動員に行っていたということだったのですね。愛知県などは一年生でも動員されていたようです。なるほど、では私も勤労動員少女だ、と思い、この記録集が出た後もこの会の方と長く「付き合い」が続き、折にふれ記事にいたしました。

この方々はツテを通じ会員のいない地方の女学校の資料集めに努力したのですが、広島からの資料は少ないのです。誰かから情報は行ったらしく、第一県女の動員先のことも「表」の中には入っていますが、とにかく広島県は情報量が少ないのです。広島市の場合、臨時動員で疎開作業に動員された低学年生が多く死んだのに、工場等で働かされていた上の学年の方が被害（死者）が少なかった。下の学年に対し、「済まない」という気持ちがあり、工場動員の記録が少ないのではないかと思います。

あるのは、大久野島（毒ガスつくり）で働かされていた忠海高女の記録だけ、ほかに東洋工業に行っていた海田高女の生徒（敗戦時三年生）の日記があります。

長崎の場合、原爆が市の中心部でなく、浦上に落ちたことで、工場で亡くなったりけがをされた方が多く、原爆記録がそのまま工場動員記録になっているのと対照的です。

この会の活動を聞いて、地方の県で、工場動員記録（男女とも）をまとめたところもありますが、そんな記録も女学校の話が多いのですね、どうも男性と差があるようです。

それは、多分、働くことなど特別なことと考えられていた女性が、男同様に働かされたことに対する複雑な思いでしょう。そして当時の軍国少女ですから、お国のために必死で働いた思いがあります。東北など工場の少ない地域の女学生は京浜の工場地帯などにに動員され寮生活をするのですが、女性へと体が変わりつつある時期にプライバシーもない生活。生理用品もなく辛かったという思いもあります。そのあたり、男子学生と少し違うのかもしれません。

とにかくこれが出てから十五年近くたった二〇一二年ごろ、その後新しい事実が判ったり、新しい学校の文集が出たりいろいろあったので、改訂版を作る話になりました。しかし、最初の記録を作った時に活躍した委員たちの多くは年老いて亡くなったり、身体が悪くなっている。お元気でも地方の委員（大阪や長野の方）が、東京まで来て編集作業をするのは無理ということもあり、私が改訂版の編集のお手伝いをすることになりました。

こういうことをする時まず大変なのがお金で、会に残っているお金（記録の売り上げだけ）ではとても足りません。本当に困ったのですが、藤田晴子基金を頂くことになりました。藤田晴子さん、戦前、レオ・シロタ氏に師事、毎日ピアノコンクールで一位になるほどの一流ピアニストなのに、戦後東京大学が女性に門戸を開くと聞いて、入学試験に挑み、見事女性の第一期生になられた方です。法律を勉強し、国立国会図書館に勤め、ここでも最高の職まで上り詰めます（省庁の事務次官と同じ）。女性の先輩のロールモデルとして尊敬している方です。藤田さんは、退職金などを基金として、女性のための有意義な事業に使ってくださいと言われたのでした。私たちがお願いした時、この基金も、ベアテ・シロタさん（注）を描いた映画を作るためのお金などに大半使い果たした状況だったのですが、私たちが「百万円あればいい」というと、そのくらいでしたらと、基金を預かっておられる富田玲子さんは、初対面の私たちにその場でお金を出すことを承知してくださったのです。

その頃、ほかの復刻版などの経験で百万円もあれば余裕と思っていたのですが、一九九〇年代の版は、もう使えず、表（動員の記録）だけは新たに分かった分を足さなければなりませんがこれが費用が嵩み、本文の加筆は必要最低限に抑えるしかありませんでした。その中で私に関わり深い問題では、大久野島に行った動員少女たちが、戦後再動員され、広島郊外、廿日市で原爆の傷病者たちの看病をさせられているのです。驚きました。敗戦後誰がこんなことを考え命令したのか？　県かしら？

この作業を終え、二〇一三年の改訂版初版、二〇一四年に改訂版二刷りを出しました。これも反響多く、女性史を各地で学ぶ方々の大会があるのですが、そこでも私は発表をしました。しかし、広島の方の反響はあまりなかったのです。

その後この資料をどうするか問題になりました。もちろん記録集はしかるべきところに寄贈しておりますが、第一次資料（会が出したアンケートとか、元女学生たちの絵、つけていたハチマキ。それにもちろん各女学校に記録、文集など捨てがたい資料があります）それは国立女性会館（埼玉県嵐山）のアーカイブで保存していただくほかないと交渉しましたが、、これに二年以上の月日がかかり、ようやく保管していただくことになり、去年納入したところでした。

そこへお手紙で、第一県女の記録のことを知りました。何で今頃と絶句しました。

「少女の会」のことはいろいろ新聞で報道されましたが、皆実有朋同窓会の方は全くご存じなかったのですね。私たちのやったことは何だったのだろうと、愕然としたのです。

でも、第一県女の記録が出たことはいいことだと気を取り直し、皆実有朋同窓会に電話をし、記録を取り寄せました。一口に言って、とても精密な力作と思いました。私が読んだあと少女の会の事務局長に回しています。彼女が読み終わったら、国立女性教育会館に、「追加資料」

として保管を頼むつもりです。

第一県女の記録、大変詳しくいいもので（これがもう二〇年前に出ていたらもっとよかったのですが。）私が一番面白かった（これは知らなかった）と思ったのは、看護隊のことでした。看護隊のことは沖縄のひめゆり部隊が有名です、あそこは島全部が戦場になったこと、もともと沖縄には工場が少ないので、女学生は看護をやらされるのですが、ひめゆりだけでなく他の女学校もやらされています。

本土でもほかの地域の看護隊の話はあり、なんとなく私は、本土決戦に備えてのことかと思っていました。第一県女の看護隊のことは前から知っていました。原爆の日、学校にいて亡くなったのも知っています。でも私は看護隊は第一県女だけかと思っていましたし、沖縄の惨禍があり本土決戦に備えて、作られたのだと思っていました。でも、記録を見ると一九四四年九月（まだ日本の本土が本格的空襲が始まる前）に結成されたとあり、第一県女、市立高女、比治山高女の四年生から選抜されたとあります。成績の良い生徒の行く学校ばかりで、人数がある程度いる（第二県女は人数が少ない）学校です。成績がよく体力、気力の充実した少女を選べると思ったのではないでしょうか。市女や比治山に看護隊があったことなど初めて知りました。女性と看護のこと考えさせられます。忠海高女の戦後の再動員と合わせて、考えさせられました。

介護はやはり女性専科なのでしょう。そうそう、女生徒たちが工場で作らされたものの中に風船爆弾が多いのが目立ちます。あちこちで作らされています。和紙を張り合わせるのに少女のしなやかな指が最適だったようです。いやですね。

（注）ベアテ・シロタ・ゴードン（一九二三―二〇一二）。父レオ・シロタ（ピアニスト）に伴い少女時代を日本で過し、後にGHQの民政局に配属され、日本国憲法制定に関わり、徹底的に男女平等案を作り、それが24条となったことで知られる。アメリカに帰り、日本とアジアの文化の普及活動に尽力した。

●中山士朗から関千枝子さまへ

前回の手紙で、佐々木美代子さんから頂いた中国新聞の記事、広島第一県女（旧制）の学徒動員の記録集の紹介に触れましたが、関さんがそのことに非常に驚かれたことを知りました。手紙を熟読して、その理由がよくわかりました。

『記録―少女たちの勤労動員』の編集作業に携わって来られた関さんは、第一県女の記録のことを知り、なんで今頃と絶句されたのは無理からぬ話だと思いました。

折り返し、関さんは皆実有朋同窓会に電話して記録を取り寄せ、その読後の感想を次のように述べておられます。

「一口に言って、とても精密な力作と思いました。／この記録、大変詳しいもので、二十年前に出ていたらもっとよかったのですが。」

そして、「戦時下勤労動員少女の会」の事務局長に回し、国立女性教育会館に追加資料として保管を依頼するとのことでした。第一県女の看護隊についてすでにご存知だったことは、驚きでした。

この第一県女の記録集が出たことは、昨年一二月に、茶本裕里さんから知らされていました。茶本（旧姓・三重野）さんは、関さんから紹介されました。広島一中一年生であった弟の杜夫君の被爆死を書いたことを、私たちの『ヒロシマ往復書簡』でも書かせて頂きましたご縁のある方です。昨年、日本エッセイスト・クラブ「会報」冬号に、戦争の中の「生と死」というテーマで、三人の女性の方に登場していただきましたが、その中の一人が茶本さんでした。掲載誌を送った返事のなかに、第一県女の勤労動員の記録集が出版されたことが記されていましたので引用します。

日本エッセイスト・クラブの会報有難うございました。〝ヒロシマ往復書簡〟も終了したとか、素晴らしい本でしたね。杜夫のことも取り上げていただき、姉と弟にはさまれヒガミ根性のヤンチャ娘だった私もようやく親孝行ができたのではないかと、ありがたく思っております。三冊、目の前の本棚に並べ、時々読んでいます。私は若いころの十一年ちかくヒロシマで暮らしていました。が、知らないことが結構多く、あのご本からの教えていただくことが、けっこうあります。今年は、卒業した第一県女の同窓会が皆実高校卒の方がたとごいっしょに、とても立派な勤労動員の記録集を出されました。立派な本です。私も少しアンケートにお答えしています。私の先輩諸姉が、広（呉市）の海軍工廠に行っていたのを知ってビックリ。父が広島に転勤になる前に居たところです。今週は友人に誘われて、四国五郎さんの作品展に行くつもりにしています。

茶本さんの家族は、当時、鎌倉にお住まいでしたが、お父上が広の海軍工廠から広島市内にあった軍需省中国管理部長に就任された際、昭和二〇年の四月に広島に移住されたのでした。当時、横浜第一高女四年生だった茶本さんは、広島第一県女に転校し、湘南中学に入学したばかりの杜夫君は、広島一中に転校したのでした。

横浜第一高女四年生だった茶本さんは、広島第一県女に転校してからも、最初は私たち広島一中三年生の三学級が動員されていた東洋工業、次いで広島航空へと動員先が変わりました。

この広島航空には、広島一中三年生の一学級が動員されていましたが、原爆が投下された八月六日は爆心地から八〇〇メートル離れた場所で建物疎開作業に従事していて被爆し、全員が即死状態の死をとげました。広島航空に移って間もない茶本さんでしたが、八月七日から第二総軍に動員の指示があり、八月六日は休暇が与えられて郊外の家にいたのでした。

第二総軍の特別情報班は、泉邸（浅野侯爵邸、現在の縮景園）に在りましたが、そこは爆心地から一・二キロの近距離に位置していました。

「八月六日から第二総軍に出ていましたら、助かってはいなかったでしょうね」

茶本さんの印象的な言葉が、記憶の底でよみがえってきます。

あの日、建物疎開作業に従事していて犠牲になった中学校、女学校の低学年生は、六千人にも及んでいます。広島第一県女の学徒動員の記録集への関さんの思いは、被爆した広島の少女たちの記録が、「戦時下勤労動員少女の会」の趣旨につながっていくのではないでしょうか。

こうした経過に至ったのは、関さんの「私たちは日本のもっとも悪くなる時代に生まれ、もっとも悪い時代に中学（女学校）、新制高校という、本来ならば、多感で夢多く楽しい時代を、さまざまな思いを生きてきた」という言葉があったからです。そして、第一県女卒業生の佐々木美代子さんの手紙から、また、茶本裕里さんの手紙によってつながっていくのですが、私たちの『ヒロシマ往復書簡』とご縁があったことをあらためて感じています。

第二総軍特別情報班へ動員された生徒たち

●関千枝子から中山士朗さまへ

中山さんのお手紙で、茶本裕里さんが、八月七日から第二総軍特別情報班に動員される予定で、一日ちがいで原爆で死ぬことを免れたという話があり、感慨に堪えませんでした。原爆で、「一日ちがい」で助かったという例は多いのです。私なども、あの日だけ病欠、前の日でしたら確実に死んでいますので。

しかし、第二総軍特別情報班ということに、考えせられました。私たちの広島第二県女の一年生と二年生の半分（東組）は突如として東練兵場の作業に動員されたため、死をまぬがれたのですが、この作業命令は二中にも下され、二中は、一年生は建物疎開作業に残り全滅。一年生は東練兵場に行き、命が助かりました。二中の人たちも、前日の八月五日の午後、急に命令が来たそうです。あの広島市全市をあげての建物疎開作業から急に人を引き抜くのです。何か相当の理由があったはずですが、二中の生徒のしていたことは芋畑（そのころ東練兵場は芋畑と化していました）での雑草抜き、二県女は生徒たちは集合しているのに、何をすればいいか、指導する兵隊が来ず、教師たちは一年生にとりあえず畑の雑草抜きを命じ、二年生には待機を命じ、兵隊を迎えに行った。その時ピカと来て一年生は火傷をし、二年生は大きな木の陰にいたので火傷もせず助かったのです。これも大変な「運」の分かれ道でした。

しかしなぜあのとき急に東練兵場行きが命じられたか、芋畑の雑草抜きなど大した作業ではありませんし、新たな農作業をする季節でもありません。不思議なことですが、私たちはこの問題の不思議さを考えることもありませんでした。

「おかしいではないか」と言い出したのは、戦後六〇年以上たって、「自分史」を書きだした今田耕二さんです。なぜあれだけ建物疎開作業が急がれていたあの時期に、しかも二中と二県女が東練兵場に行かされたのはおかしい。建物疎開作業は中国軍管区の命令だが、東練兵場は第二総軍の管轄である。第二総軍の新しい作戦、しかもそれは暗号とか、かなり知的な作業ではないか（注）。一中の二年生はすでに通年勤労動員に行っていたので、次に成績のよい学校の二中に白羽の矢がたったのではないかというのです。私は彼に言われたころ、中国軍管区も第二総軍も全く知らなかったのでびっくりしました（そんな軍の機構のことなど興味もありませんでした）。そういえばあの時期に芋畑の雑草抜きなんておかしいですね。そのうち今田さんから新しい情報が入ったという知らせがあったのですが、それが何なのか具体的なことは知らされないうち、今田さんが急に亡くなってしまったのです。

気にかかったまま日が過ぎて行ったのですが、近年になって、東練兵場では朝鮮の人たちが東照宮の傍の崖の洞窟を掘る仕事を進めていたという話を聞きました。トンネル工場かしらと思ったのですが、第二総軍の関係で、洞穴を掘っていた、と考えてもおかしくないですね。

暗号と言うことで、ふと思ったのは茶本さんが、第二総軍の特別情報班ということを聞いたからですが、この間からお話ししている戸田照枝さんのこともあるのです。

戸田さんとは国泰寺高校が発足した一九四九年（昭和二四年）、ともに三年生となり、友人となりました。彼女は市女から来た人です。市女は、原爆の時、一、二年生全部が県庁前で、建物疎開作業をしていて全滅しました。なんで彼女が無事だったのか、でもその当時、私たちは互いに原爆の時の事情を聞くことはありませんでした。多分、何かで無事だったのだろう、聞くことで、互いの傷をつつきかえして何になる、そんな思いで、被爆の体験を聞く、語り合うことはありませんでした。

戸田さんの事情がわかったのは何十年もあと、中国新聞に、当時自分は第三国民学校の二年生で、広島駅付近で被爆したことを語って記事になっているのを見せてもらってからです。でも、その時はなぜ、駅付近かピンと来なかった。

はっきりわかったのは前にも書きました、今年のＮＨＫや朝日新聞の取材からです。

一九四五年の七月、国鉄関係の仕事をするので、各国民学校に成績優秀な女生徒を一人ずつ選抜するよう命令が来ました。第三国民学校からは彼女が選ばれたのだそうです。なぜ女子生徒かと言えば、高等科の男子の二年生はすでに勤労動員に動員されていたからでしょう。駅の近くの建物で、暗号関係の仕事だったそうです。まずいろいろ練習があったそうです。学校と違い一つの教室にいるわけでもないので、全員の顔も知らず、名前もわからず。ただ、その場で一緒だった「大谷さん」という人が、大変立派なリーダー格の人で、その人のことはよく覚えているそうです。

そしてあの日、ピカ。あっという間に建物は倒壊し、彼女は夢中ではい出したのですが大勢の人は建物の下に埋まったまま、救い出そうにもどうにもならない、どこに埋まっているかもわからない。まごまごしているうちに火はせまってくる、早く逃げろと追い立てられ、彼女は北に逃げます。宇品は、と聞いても広島市内は全滅じゃと言われ、ひたすら北の方に逃げるのですが、やがてどうにも家のことが心配になり、広島に引き返し、大回りして家にたどり着きます。すでに夜、薄暗くなっていたそうです。彼女の家は宇品でも一番北、御幸橋のすぐそばで、被害はひどく、「壁も飛んで柱だけ残っているようなありさまじゃった」そうですが、家の外でお母さんが心配して、立っていて、帰ってきた照枝さんを見てよかったと泣いて喜んだそうです。

照枝さんは、戦後、駅の傍の「職場」が心配になるが、もう何が何やらさっぱりわからない。

ただ一人名前を憶えている「大谷さん」のことを調べようにも、フルネームも住所もどこの国民学校高等科から来たかもしらない。調べようがない。でも彼女は死んだに違いない、自分は友を見捨てて逃げ、命が助かったのだと思うと苦しくて苦しくて悩み続けたそうです。

そしてあまり苦しくて、ある日、ふと通りかかった教会に入ってみた。そしてそこで牧師さんに話を聞いてもらい、癒された。クリスチャンになり、夫と知り合い……、ということなのです。彼女の信仰の深さは、教会の中でも有名で、娘さんの一人は牧師さんに嫁いでいます。私はそんな話を被爆後七〇年にして初めて聞いたのでした。

それにしても、彼女の「仕事」が暗号だったこと、気になりますね。それから、どんな原爆の記録を見ても、こんな国民学校高等科の一校一名ずつの動員のことなど書いてもありません。どうも茶本さんの第二総軍特別情報班のことといい、二中、二県女の不意の不思議な動員のことといい、気になります。

照枝さんは自分の被爆体験を昨年の八月六日、ちょうど日曜日でしたので、教会の朝の拝礼のあと、特別行事として話をされました。私は大勢の友を誘ってゆき、朝日新聞の宮崎さんが取材され、記事にされました。

この日、戸田さんは、末期の再発癌の人とは思えない元気な様子で声も大きかったのですが、九月に入ってから体調が衰え、一〇月に亡くなりました。

認知症について最近少し衝撃を受けることがありまして書きたいことがあるのですが、これに関しては次回にします。

（注）第二総軍の通信班＝暗号＝の業務については、女学院の二年生の一部も動員され、かのサーロー節子さんもその一人だった。女学院の二年生は、建物疎開作業で雑魚場町で九割以上が死んだが、第二総軍の仕事をしていたサーロー節子さんは生命をとりとめた。

●中山士朗から関千枝子さまへ

茶本さんの第二総軍特別情報班の話から、さまざまなことが思い出されました。

第二次世界大戦の末期、本土決戦に備えて一九四五年二月に陸軍の統帥組織二個（東京と広島）の総軍司令部が設けられたのでした。大本営陸軍部が、敵の本土来攻によって本土が分断、孤立化することを想定しての策でした。陸軍司令部を鈴鹿山系を境に東西に二分して、それぞれ東のかなめとして東京に第一軍総司令部が、西のかなめとして広島に第二総軍司令部が設置されました。

その第二総軍司令部は市内・二葉の里の元騎兵第五連隊兵舎に設置され、総司令官は畑俊六陸軍大将でした。その編成は、幕僚、兵器部、経理部、軍医部、獣医部、法務部、通信班、飛行班などから成っていました。主たる任務は、敵の上陸、瀬戸内海侵入、朝鮮海峡突破を阻止する作戦にあり、そのために同年四月から中国軍管区、中部軍管区、西部軍管区の諸部隊を統率し、九州、四国、和歌山県沿岸に師団を配備して防御陣地の構築を進めたという記録が残されています。

この広島市内の二葉の里にありました第二総軍司令部は、八月六日の原爆投下によって消滅し、その後に安芸郡船越町（現広島市）の日本製鋼所広島製鋼所に移り、続いて九月中旬に大阪へ移動、同月解散の経過をたどりました。

この第二総軍は、通信班への女学生の徴用にもかかわりを持つようになったのです。これについては、昨年、日本エッセイスト・クラブの会報に、第二総軍に徴用された三人の女性生徒の、戦争下における「生と死」の分かれ目について書きました。茶本さんも、そのうちの一人として書かせてもらいました。今回の関さんのお手紙によって、以前、往復書簡の中で紹介されていました戸田照枝さんが、選ばれて暗号の仕事にかかわっておられましたことを知りましたが、戦争が残した傷痕の深さ、同時に七〇年経って初めて知ることの多さを痛感しております。また、亡くなった今田耕二さんが、第二総軍の作戦と暗号の関わりに関心を持って調査されていたことをはじめて知りましたが、今回、第二総軍のことを調べていて、そのことをあらためて実感しました。

そして、関さんの報告にありました朝鮮の人たちによる、東照宮傍の崖の掘削工事が進められていたことと深い関連があるのは否めません。

それというのも、かつて東京にいた頃に「文学者」の会で知り合いになった女性から、戦時中、長野の大本営地下壕の通信部に動員されていたという話を聞いたことがあったからです。この松代大本営地下壕は、太平洋戦争末期に象山、舞鶴山、皆神山の三山を極秘裏に掘削し、地下壕が造られたのでした。そして、いざという場合に備え、天皇、皇后を迎える準備をしていたとも伝えられています。

次に関さんがかねてより疑問に思っておられた、建物疎開の目的、その作業の指揮、命令系統について、私も調べてみました。なぜ六千名の少年、少女の生命が失われなければならなかったのか。そして生き残った生徒に残された傷痕についても。

勤労動員について、昭和五二年に発行された『広島一中国泰寺高校百年史』に当たってみました。

一九四三（昭和十八）年六月「学徒戦時動員体制確立要綱」が閣議決定され、学徒の戦時動員体制を確立して「有事即応ノ態勢」におき、「勤労動員を強化」してその総力を戦力増強に結集せしめることにした。さらに十月、「教育ニ関スル戦時非常措置方策」、翌四十四年二月には、「決戦非常措置要綱」、三月には「学徒動員実施要綱」で動員の基準を明らかにし、学徒の通年動員、学校の程度、種類による学徒の計画的適性配置、教職員の率先指導と教職員による勤労管理などが強調された。六月マリアナ沖海戦の敗北、七月サイパン島の陥落など、戦局はいっそう不利に展開していくなかで、文部省は七月、「学徒勤労ノ徹底強化に関する件」を通牒し、これを契機として、全国的な中等学校生徒（第三学年以上）の軍需工場への動員が開始したのであった。

それにより、広島県は県庁に学徒動員本部を置き、動員先や、受け入れ工場の指示、工場に動員される学徒の需給などを数字的に調整させ、学徒の派遣を各中学校に命じたと記述されています。そして、一中における各学年の動員された日時、動員先の軍需工場名などが詳細に記述されています。

私は二年生だった四四年（昭和一九）一〇月に東洋工業に動員され、翌年の原爆が投下された八月六日は、職域義勇隊として爆心地から一・五キロ離れた鶴見町の建物疎開の現場にいたのでした。

この建物疎開については次のように記されていました。

四十四年、建物疎開を実施するよう内務省から告示され、広島市は第一次建物疎開を同年末までに完了した。翌年になって、第二次から五次まで引き続いて行ったが、第六次は五月になって開始された。この建物疎開作業に本校の一年生も動員され、雑魚場町付近（市役所裏）で作業に従事していた。この作業中に原子爆弾の炸裂に遭遇したのである。

年表には、「8・6　原爆投下、渡辺豊市校長以下職員15名、生徒351名死亡　校舎などすべて灰燼に帰す」と記されています。そして、広島県事項の欄には、四月広島に第二総軍司令部が設置されたことも記録されています。

広島一中遺族会は、昭和二九年四月二九日に『追憶』を発行しています。その中に、昭和二〇年から二四年にかけて在任していた数田校長の「あの頃のことを回想し胸痛む」という追悼文があります。

昭和二十年冬、着任したばかりの数田校長は、焼かれて赤茶色に砕かれた瓦礫や、焼けたトタン板で覆われた、廃墟となった校庭の焼け跡に立った時、あの日のことが脳裏を過ぎり、胸に錐を差し込まれるような痛みを覚えたという。そして、「私はこれらの御霊に「日本再生への礎となってくださった」のだと、いつも心から手を合わせています」と言葉を結んでいます。

戦時中、県の視学を務め、地方の教育行政に携わっていた数田校長の悔悟の念が語らせた言葉のように私には感じられるのです。

21

村井志摩子さんの死と記録の保存

二〇一八年七月

●関千枝子から中山士朗さまへ

お手紙拝見して、私は軍のことに興味がなくて、第二総軍などと言ってもぴんと来なかったのですが、一九四五年二月にできたということは、あの時期になって「本土決戦」を思いついたということですね。松代大本営もあの頃でしょう。近衛文麿さんが、昭和天皇に「終戦」について提言し、天皇が「もうひと踏ん張り戦果を挙げてからでないと」と言ったというのは確かあの一月頃だと思います。そのころから本土決戦を真剣に考えだしたのか。いやな感じになりますね。硫黄島や沖縄など、まさに捨て石だったのではないかと思うのです。

さて私のこれから書きたいことは前便の続きです。

このところ、昔の友たちで亡くなる方や弱る方が多く、ショックです。一人で生活することが苦しくなって老人ホームに入りましたというお知らせが多くなりました。老人ホームもいいと思うのですが、「認知症」というのは嫌ですね、認知症もいろいろで、すっかりわからなくなっているという方もありますが、方向感覚が無くなったり、今言ったことが判らなくなったり、いろいろのようです。ですから、多少「ボケて」きても、日常の生活は何とかなるようでしたら、それなりに楽しく暮らせるのかもしれませんが。全く分からなくなって、「私は誰?」になったらどうなるのでしょうか。

以前は頭を使わないからボケると言われましたが、あれも嘘ですね、さまざまの運動、活動をしていた方（それもトップクラスの現役）が認知症になったケースを私は三人以上知っています。尊敬する先生たちだったので、私はショックでした。

先日も同窓会で、認知症の話が出て、「わからなくなったら本人は楽で一番いいですよ」というのです（この人、医者です）。「そうですか?」と私は懐疑的で「でも何もわからなくなったら、楽しいかしら?」と言ってしまったのですが。頭は大丈夫ですが足腰が悪くなり動けない人がいます。いわゆる寝たきりですが、寝床でパソコン打てますし、頭のはっきりしている方がいいじゃないかと思うのですが……。

実は認知症のことにここまでこだわるのは、この間、村井志摩子さんの死が伝えられたからです。村井さんはチェコで演劇を学び、「広島の女上演委員会」を作り、ドラマ「広島の女」を上演、文化庁芸術祭賞や谷本清賞も受けています。また、原爆ドームを作ったヤン・レツルがチェコの人であることから、彼のことを調べました。レツルのこと、彼女の調査で分かったことが多い、これも大変な業績です。

私は「全国婦人新聞（女性ニューズ）」で「広島の女」をずっと取材してきました。このドラマに懸ける彼女の思い、よくわかりましたし、彼女の「経歴」にも非常に興味を持ちました。村井さんは、生粋の広島の人で、第一県女の卒業です。私の姉と同学年になります。つまり一九四五年三月、女学校を四年生で卒業させられてしまったクラスです。村井さんは東京女子大を受験、受かったのですが、なかなか入学の通知が来ず、そのまま動員先（広島）で働いていました。これはどこの女子の高等教育（女子専門学校）も同じで、私の姉などもそのまま専売局で働いていました。

村井さんが東京女子大を志望したのも驚きでした。あの下町大空襲の直後です。東京は一番危ないところ、そこに娘をわざわざ送り出す親はよほどの方と思います。私の父は、かなり開けた方でしたが、東京の学校に進学したいという姉の希望を絶対に許しませんでした。村井さんの親御さんはよほど覚悟ができた方だったのか。村井さんの希望がそれだけ強かったのか。結果的に西荻窪の東京女子大は焼けず、素晴らしい寄宿舎も無事だったのですが。

七月下旬になって入学式のため学校に来るよう通知がありました（これも全国同じのようです）。村井さんは勇躍上京。私の姉も広島女専に行きましたが、勤労動員で水島（倉敷）に行く、それまで一週間ほどオリエンテーション（そのころはそんな英語は使えなかったでしょうが）

ということで、八月六日もそんな校長の訓話を講堂で聞いている最中、ピカと来たわけです。村井さんが東京女子大で何をしていたかわかりませんが、広島に新型爆弾の報にどんなに驚かれたか。

村井さんはドラマの道に進み、チェコに行き、ということになるのですが、「ヒロシマ」への思いはあの「三部作」になります。私はずっと取材を続け、あまり大マスコミが取り上げない中、最後のころは一人で取材していたような感じがあります。彼女が被爆者でない（あの日広島にいなかった）のに、「広島の女」を書いたことで、心ないかげくちもあったようです。広島の人は「よそ者」に冷たく、広島の人であっても広島から出て活躍している人に冷淡なところがありますから（中山さんも感じたことありませんか）。村井さんは非常に怒っておられました。

「広島の女」シリーズが終わった後、お連れあいの葛井欣士郎さんと何かあったようで住まいが変わりました。葛井さんは演劇プロデューサーというより、アングラ演劇の帝王のような存在で仲の良いお二人だったのですが。その後も村井さんとは何度かお会いしましたが、そのあたりのいきさつ、詳しいことは知りません。

ただ、「広島の女」などの様々な資料の保存には苦労しておられて、私が「ノーモアヒバクシャ記憶遺産を継承する会」ができたことをお話しし、資料を大事にしてと言ったのですが、この会も、「センター」を設立する動きになかなかならず、そんなうちに葛井さんも亡くなるし、村井さんからも年賀状も来なくなり何年か経ちました。

去年、パリ在住の松島和子さんを通じて、パリに住む人から（どこの国のひとか知りません。日本人ではないことは確か）、村井に連絡を取りたいのだが村井は元気かという問い合わせがありました。そこで村井さんの所に電話してみたのですが、電話は鳴るばかりで誰も出てきません。しかし、電話が鳴っていることは、この電話が生きているしるしと思い、あきらめずかけ続けたところ、受話器がとられたのです。しかしその声は「葛井でございます」というので驚きました。声は志摩ちゃんに違いありません。でも彼女がお連れ合いの名を名乗るなんて……。「村井さん？」と聞くと「村井は私の旧姓で御座います」というのです！

その瞬間、彼女が認知症になっていることを察したのですが、未練がましく「私、関千枝子です。覚えていますか？」と聞いたら、明るい声で「覚えていませんわ」と言われてしまいました。

暮らしは「ヘルパーさんに助けてもらって何とかやっています」というのでそのまま電話を切り、電話には本人が出てこられますが、話が通じるかどうかは疑問とパリの方にありのまま知らせました。その後、どうされたかわかりません。

それから数カ月、新聞で村井志摩子さんの死去を知りました。ああ、と思いましたがどうすることもできず、なんとしたものかと思っていましたら、先日ある女優さんから電話があり、「仲間たちで部屋を片付けている。ビデオなどがあるので、私がもらったが、大きなパネルがあり、捨てるには忍びないし困っている」というのです。遺産を継承する会の栗原淑枝さんにも連絡しましたが、まだセンター建設の募金も始まっていないし、資料保管のために借りている部屋も満杯、ということでその女優さんの家でしばらくパネルを預かっておくということになりました。

私は「ヤン・レッツルの資料などはなかったか」と聞いたのですが、それらしきものは見当らなかったということ。これでヤン・レッツルの資料は永久になくなってしまうのでしょうね。

資料保存の難しさをつくづく感じます。記憶の継承のことと、認知症のこと、村井さんのことがショックで、つい、暗い話を書いてしまいました。

●中山士朗から関千枝子さまへ

このたびのお手紙を読みながら、私の身辺でも老人ホームに入った友人のこと、難聴の症状が出て意思疎通ができなくなった友人のこと、認知症になった知人のことをあらためて思い出しました。

ごく最近も、「旭川原爆被爆者をしのぶ市民の集い」実行委員会の一人である石井ひろみさんから、広島一中の一年生の時同じクラスにいた友人（旭川在）が施設に入ったとの知らせをいただいたばかりです。この知らせは、「第32回旭川原爆被爆者をしのぶ市民の集い」開催通知に添えられた便せんに書かれたものでした。

案内状には、次のように式次第が書かれていました。

開催日　２０１８（平成30年）７月30日
会場　旭川市民文化会館小ホール
参加　無料
日程　午後４時ロビーにて被爆資料展示
　　　午後６時　　開場
　　　午後６時30分　開会
　　　道北の被爆者朗読
　　　道北の原爆死没者紹介
　　　「ナガサキ・語られなかった思いを紡いで」
　　　合唱・黙想

午後8時30分　閉会予定

後援　旭川市・旭川市教育委員会・北海道新聞社旭川支社
　　北のまち新聞社（あさひかわ新聞）

そして、昨年の三一回しのぶ会に参加したのは一四〇余名と記されていました。

今年の七月四日付の大分合同新聞に発表された二〇一七年末の生存被爆者数は、最小一五万五八六九人で、広島七万二二〇人、長崎四万四四九人、福岡五千八九二人、大分五四七人で、平均年齢は八二・〇六歳となっていました。この数字から判断して、北海道全体ではかなりの被爆者がいたのではないかと推察されるのです。

こうした記事の中に、共同代表の一人であった伊藤豪彦さんという方の死が報じられていました。

伊藤さんは広島に原爆が投下された時に、兵士として救援活動に当たり被爆されたということでした。その時に目にしたむごたらしい様子に触れ、「二度とあのようなことが繰り返されてはいけないのです」と強い口調で訴えておられたそうです。

私はこの個所を読みながら、被爆直後に比治山の山頂でうずくまっていた私を背負い、東側斜面の中腹にあった臨時救護所に連れて行ってくれた兵士の顔や姿を思い出さずにはいられませんでした。家族と連絡が取れるまでの六日間、その兵士は何くれとなく私の介護に当たってくれました。井戸端に私を背負って連れて行き、冷たい水で私の体を拭ってくれました。ちょうどその時、娘さんを探しに来た近所に住む男の人の姿を認めたので、兵士に頼んでその人を呼び止めてもらい、家への連絡を依頼したのです。その日の夜遅く、父が訪ねて来て、翌日の昼に、母が雇った荷馬車に乗って私を迎えに来ましたが、その時も私を背負って山の麓で待つ荷馬車まで送ってくれたのでした、私と母は、兵士の姿が見えなくなるまで、頭を下げていました。

私のいつもの悪い癖ですが、話がすっかり横道にそれてしまいました。

村井志摩子さんの死は新聞で知りましたが、同年代の被爆者の死去がこのところ続いておりましたので、私自身の余命に思いをはせていたところです。特に言語による表現活動を続けてきた人の死は、とりわけ身近に感じられ、心がえぐられる思いがするものです。

関さんと村井志摩子さんの深い交友関係を初めて知りましたが、同時に亡くなられる数カ月前の関さんとの電話での会話の内容には、慄然とするものがありました。関さんの胸中を考えますと、どんなに辛かったことかと思わざるを得ません。

そして、資料の保存、記憶の継承について、改めて考えておかなければならない事だと思いました。実は私も最近になって、自分の書き残した作品の全てを保管してくれる場所を探しているところです。子どもがいない私には、死後は他の書籍同様に廃棄物として処理されるだけです。現在、二、三の人に相談しておりますが、広島一中の同窓会館がいいのではないかという話も出ておりますが。いずれにしても、生涯かけて被爆体験を書き続けた私にとっては、生きてきた証しでもあり、亡くなった人たちの記憶を消さないためにも、何とかして後世に委ねたいのです。近ごろ、私は広島を旅立った日のことをしばしば思い出すようになりました。

関さんの手紙の中にも、昭和二〇年三月に村井志摩子さんの東京女子大、姉上様の広島女専入学のことが書かれていましたが、その個所を読みながら、私自身の廃墟からの旅立ちの日を思わずにはいられませんでした。駅頭に見送りに来てくれた、母の涙を思い出すたびに、年老いた現在でも涙が滲んでくるのです。

私が早稲田大学の文学部に進学して、文学を学びたいと言った時、父も母も反対しませんでした。二人が読書家であったせいかもしれませんが、私が将来もの書きになりたいと言った時にもあえて反対はしませんでした。ただ、「苦労が多いぞ」、と父が言っただけでした。

被爆して顔にケロイドを大きく残した私が、社会人になった時に普通に歩める状況にないことを父も母も察知していて、私が文学の道を選んだことにあえて反対しなかったのだと思います。駅頭での母の涙は、私を不安に思う涙でした。汽車が動き始めた時、原爆症で紫色がかった母の唇が震えたのを今でも鮮明に記憶しています。この廃墟から廃墟への出発が、現在も私が書き続けられる原動力になっているのではないでしょうか。

22

広島、未曽有の水害――西日本大水害と枕崎台風

二〇一八年八月

●関千枝子から中山士朗さまへ

このたびの手紙は少し昔のことなどを思い出して書いてみようと思っていました。というのは前回コピーをお送りした「知の木々舎」の表紙の蓮の絵からの想い出。蓮の花と蓮田、私の原爆への思い、そのものだからです。

ところがそこへ、あの西日本大水害です。災害の酷さ。想定外だか、千年に一度だか知りませんが、ただ息を呑むだけです。特に広島県は一番被害がひどかった。多くの人は四年前の広島市安佐南区を中心とした災害を思い出したようですが、私は、あの原爆の後の枕崎台風の惨禍（広島の被害は一九四五年九月一七日）を思い出さすにはいられませんでした。

あの年、八月一五日までカンカン照りだった天気は急変し。雨の多い日が続き、急に涼しくなってきました。私は十五日の夜から熱を出し寝込んでいました。それが原爆（放射能）に関係するものか、疲れから来たものか、あるいは風邪をこじらせたのか、まったくわかりません。それくらいのことで医者を呼べるわけでもなく、健在な医者がどこにいるのかも分からず、と

にかくどうにもならない中で私は寝込んでいました。

その時すでに、まったくケガのなかった人が、歯ぐきから血が出たり、髪の毛が抜けたりして死んだ、といううわさは伝わっており、私は寝床の中でそっと髪の毛を引っ張り、抜けないので安心した覚えがあります。

八月の終わりごろ、少し良くなり熱も収まったので、起き上がっていますと、近所（と言っても歩いて七、八分かかりますが）に住む東組の級長の菅田康子さんが、訪ねてきました。私は彼女と玄関の外で話しました。彼女の話は、「西組は全部死んで、坂本さん一人だけが生き残っている。先生の死もあり学校は当分開かれない、家で待機しているように」というような内容でした。あの前日の五日、二年生も一年生も全部雑魚場《ざこば》（市役所裏）で建物疎開の後片付け作業をしていました。

その日の午後どこからか命令が来て、その一年生と二年生の半分は東練兵場に行くことになったのです。二年はどちらの組が東練兵場に行くか、級長同士で話し合って決めなさいということで、西組の級長の火浦ルリ子さんと東組の菅田さんが話し合い、何でも東西東西で東が先だから東組が先に東練兵場に行きなさいと火浦さんがいって東組が東練兵場に、西組が雑魚場に残ることになったそうです。それが二つの組の生死を分けた、菅田さんもその重さがこたえているようで、すぐれない顔色でした。その時何だか寒くて、玄関の外で話したので私は震えが来て、菅田さんを帰して家に入った途端また寝床に倒れこみ、寝込んでしまいました。

私はこの時菅田さんを家の中に入れず外で話したため寒い目に遭わせたことが大変気になっており、その時の詫びを数十年たってから言ったことがありますが菅田さんはそんなことを覚えておられず、大笑いになった覚えがあります。記憶というのは、そんなものでしょうね。

元気になり起き上がったのは枕崎台風が通り過ぎてからで、その時、広島は水浸し、特に埋め立て地の宇品は床上浸水。我が家は前にも書いたことがありますが、アメリカ帰りの方が、全財産つぎ込んで作った理想の家。洪水のことも考え、長年の資料を参考に家屋の部分は非常に高く土盛りしたので我が家は浸水しなかったのです。でも庭も道も水につかり、水道が止まって大変だというので私と姉は、張り切ってバケツを担いで翠町に行けば井戸があるというので水くみに行ったのを覚えています。

その時、広島は、新聞はまだ来ないし、ラジオだけが情報源、それも停電になったらアウト、まったくひどい情報過疎の中で暮らしていたわけで、台風であちこちの崖が崩れひどいことだったというのは後からだんだん知ったことでした。我が家の一番の被害はツテを頼ってどこかの農家の蔵にいくつか荷物を疎開させたのですが、蔵ともども流されてしまいました。そんな〝損害〟は原爆で焼けず、誰も死ななかった幸運な一家では言ってはならないことで、私なども、「ああそうか」と思ったくらいでした。

あの時も大変な被害だったようですが、山崩れなどの被害の多さは、松根油をとるため松の木を切り倒したからと言われ、私もそう思い込んでいました。四年前の水害のとき、広島の山間の土地は花崗岩で弱いという話を聞かされ、びっくりしたことがあります。そんな弱い土地の川沿いを開発した結果のいわば人災ではないでしょうか。

でも今年の災害であちらでもこちらでも水道が止まり、困っている、復旧の見通しが立たないと悩んでおられる話を聞きました。これは本当に困るだろうと思います。それにつけてもあの原爆のとき、広島で井戸が止まらなかったのは、すごいことだったと思います。もし、水道が止まったら……。宇品など井戸が掘れないところです。どんなことになったか。

浄水場の方々の苦労と努力があったように聞いています。

枕崎台風のときも、広島の川にはたくさんの流木が流れてきたようですね。あれを拾ってバラックを建てたという話も聞いています。でも今度、大水で府中町がやられた、それも川を流木がせき止めたから、という話には驚きました。府中町など、災害に関係のない豊かなところだと思っていましたから。

それに、坂、小屋浦という地名がよく出てくる、それも胸が痛みます。坂、小屋浦には海軍の施設があった。似島がいっぱいになると何人かの人が坂や小屋浦に移された。私のクラスでも似島から坂、小屋浦（鯛尾）に移され、亡くなった人が三人います。ここの悲しさは遺族が子どもの死に目に遭えた人がいないことです。誰も、そんな遠いところに運ばれているなど考えもしなかった。宇品の桟橋で似島に連れていかれたという人の中に名前を見つけ飛んで行ったが、もうすでに坂に移されていて、すでに死んだあと。遺骨もなくて（みな一緒に焼くので、遺骨があっても仕方ないということで）髪の毛が少し残されていた、という話でした。坂の話は辛いです。

坂にも原爆の慰霊碑があるのだそうですね。朝日新聞の宮崎さんの記事で知りました。本当にあそこでたくさんの人が亡くなったのですから。

●中山士朗から関千枝子さまへ

このたびの西日本豪雨がもたらした悲惨な光景をテレビで観ながら、関さん同様に被爆直後に広島を襲った枕崎台風を思い出さずにはいられませんでした。後の伊勢湾台風に次ぐ猛烈な大型台風でした。このことは何時か『ヒロシマ往復書簡』で、水浸しになったバラック小屋の中で家族が必死で私を支えてくれた話を書きました。そして、間一髪、潮の流れが引き潮にかわり事なきを得ましたが、その間、全身火傷を負った私が横たわっていた病床を、蒲団で囲って守ってくれた家族のことは、今でもはっきりと記憶に浮かびます。

災害のもっともひどかった広島では、人々は四年前の広島市安佐南区の災害を思い起したとされていることについて、関さんが被爆直後の枕崎台風について思いを新たにしておられたのは、私も同じです。

そしてその頃、関さんが寝床の中でそっと髪の毛を引っ張ってみて、抜けないので安心されたという話は、私にも同様な経験があります。私の場合は、私が寝ている間に母がそっと私の髪の毛を抜いてみたというのです。

また、関さんの学校の一年生と二年生の半数が建物疎開作業中に急遽、東練兵場に行くように命令された際、級長どうしの話し合いで、何事も東西東西で、東が先と決まっているという理由から東組が東練兵場に行くことに決まったという話、大変興味深いものがありました。これと似た話が私にもあるのです。私たちは、通年動員で軍需工場（東洋工業、現マツダ）に通っていましたが、三学級がA班、B班に分けられて工場に配属されていました。今から思うと、敵性語として英語の時間が無くなったのに、なぜアルファベットのローマ字が使われていたのか、理解に苦しみますが、その班別で、臨時の一日交替の建物疎開に出動していました。原爆が投下された八月六日の月曜日は、私が属するA班の日でした。ことほど左様に、人間の運命は簡単に左右されるものであることを関さんの手紙を読みながら感じたことでした。そして、

七十三年経って初めて客観的に話せる時間が持てたことを実感しております、

そのような思いにとらわれているとき、このたびの台風で被害の大きかった広島の坂町小屋浦地区で、危機一髪、母と娘が避難して命が助かったということがテレビで報道されている場面にたまたま出会いました、その女性は、平素、祖母から枕崎台風のことを聞かされていて、その状況を察知し、いち早く近くに住む祖母のところに避難して命拾いしたのでした。その話を聞きながら、私たちと同時代に育った者に刻まれた記憶は、容易に消えるものではないと思いました。

ただちがう思いは、枕崎台風の後は、

国破レテ　山河アリ

という思いがしたのに対して、今回の西日本豪雨による災害は、

国乱レテ　山河マサニ荒レナントス

というのが正直な印象です。

話が途切れてしまいましたが、坂町小屋浦に、似島からも移送されて死亡した人たちを悼む「原爆慰霊碑」があることを知ったことも、またその記事を書いた人が朝日新聞の宮崎園子さんであったことも驚きでした。

たまたまのご縁で知ったのですが、このところ宮崎さんの書かれる記事をしばしば耳にして

おります。

ご縁と言えば、前回の手紙に書きました、「旭川原爆被爆者をしのぶ市民の集い」の実行委員の石井ひろみさんもその一人です。

先の手紙で、私の広島一中時代の同級生だった学友が、旭川の施設に入ったことを石井さんからの連絡で知った話を書きました。その時、名前を伏せて書きましたが、砂子賢介君のことでした。その後で石井さんからこの七月三〇日に行われた「しのぶ市民の集い」の会のレポートと砂子君に関する資料を送っていただきました。お礼かたがた電話で話しておりますと、今回、私に連絡したのは、濱田平太郎さんの消息を知るためでした。送った郵便物が戻ってきたために、私のところに問い合わせがあったという次第です。石井さんの説明によると、濱田君は、たびたび北海道を訪れ、そのつど旭川にいた砂子賢介君に会っていたとのことでした。登山家でもあった濱田君は、世界各地の山岳を訪ね写真を撮っていましたので、北海道に行ったのも、そうした目的の旅だったのかもしれません。

今回、石井さんから頂いた資料の中に、砂子君が被爆体験を語った記録がありました。その中に、夫人の絹子さんが語っておられる個所があり、砂子君の病状がそれとなく知らされていました。

結婚して四十年余り（昭和四十三年結婚）、定年退職した夫と過ごす時間が長くなり、数年前から、夫の被爆した事実を聞いておかなければ……、という気がしてならなくなりました。長い教員生活の中で、時々は子どもたちにその日のことを話したりしていたようですが、私は十七年前、ご縁があって東川のお寺で体験を聞かせてくださいということで、話したのを聞いたのが、最初で多分最後だと思います。今は、だんだん昔の記憶がはっきりしなくなってきて……。もっと早く聞いておくんだったなあと残念に思っています。

夫人との対話の中で、砂子君は学徒動員で東洋工業に通い、旋盤工として働いていたが、一日交替で市内に戻り、鶴見橋近くで立ち退き家屋の処理をしていたこと、八月六日のあの日も鶴見橋近くの作業に出動していて被爆した話を冒頭に語り、その後の避難状況や、熱線と放射能を浴びたひどい火傷、家の下敷きになって行方不明となった祖母。母と弟、妹の三人が東練兵場に避難したことなどを説明しています。そして昭和二二年六月に北海道の従弟が迎えに来て、美深の叔父の家に着いた時の話、一度は郵便局に就職したが復員してこない先生がいるというので、恩根内小学校の代用教員として勤めることになった経緯を語っているのです。

この対談を企画された石井さんに、私は不躾にも「石井さんは広島、長崎いずれの地で被爆されたのでしょうか」と質問したのでした。すると、「私は戦後生まれで、まだ六十歳です」という返事がもどってきました。聞けば東京で十六年間、演劇の勉強（東京演劇アンサンブル）

をしておられたということでした、現在も地元劇団「グループ劇天壌」を率い、『テアトロ』を購読されていて、村井志摩子さんの逝去を知ったと語ってくれました。資料に添えられた手紙には、「私は戦後生まれですが、ヒロシマ・ナガサキそしてフクシマの体験を、記憶しておくこと、記録しておくこと、それが大事なことだとおもいます」と書いてありました。「旭川原爆被害者をしのぶ市民の集い」はこうした人たちによって支えられていることに深い感銘を受けました。

このたびの集いには、広島、長崎、旭川の各市長からメッセージが寄せられ、道北で故人となられた方々の紹介がなされていました。そして、手紙の末尾には、『原爆供養塔』の筆者の堀川恵子さんに来ていただく予定になっております、と書いてありました。また、電話での話のなかで、「集う会」では、担当者を決めて、毎月一日と一五日には私たちの『ヒロシマ往復書簡』を検索することにした、との知らせがありました。

このようにして、私たちの仕事が伝わって行き、ありがたいことだと思っています。

往復書簡第Ⅲ集の「鶴見橋――炎の古里」で紹介しました相原由美さんが、八月一五日付の朝日新聞【記録と記憶　消された戦争】に、〔七一年経て届いた父の「最期」――冷戦下に埋もれたシベリア抑留〕という見出しで大きく紹介されていました。

往復書簡では、戦友の話からシベリアに抑留されていた父親は、バイカル湖近くの収容所で、伐採作業中に倒木の下敷きになって死亡したことになっていました。二〇一六年に初めて抑留による犠牲者を追悼する会に出席した際、申請によってロシアから厚労省に引き渡された、カルテや、捕虜となった前後の状況など詳細な記述がある個人資料が得られることを相原さんは知りました。自ら厚労省に問い合わせ、資料を入手することができたのでした。送られてきたのは、「病院で死亡」という通知でした。二二枚のロシア語の文書を翻訳してもらうと、それは病院のカルテでした。それには、腰椎骨折、睡眠不足、食欲不振、不整脈、うわごとを言うなどと記されていました。

それまで、冷たい土の上で亡くなったと思っていた父が三四日間、手厚く看護されていたことが判り、気持ちが少し楽になった、と相原さんは語っていました。

私は新聞を読み終えると、すぐに相原さんに電話しました。相原さんは、厚労省に自己申請した経緯を語ってくれましたが、私は聞きながら改めて戦争の記憶と記録について考えなければいけないと思いました。

終戦から七三年を経た今日、戦争、原爆を直接知る世代が減る中でどのように当時を検証し、記憶を継承すればいいのかと考えさせられます。

これも朝日新聞に掲載されていたのですが、立命館大学の福間良明教授（歴史社会学）によれば、決まり文句のように「平和は尊いと結論付けたり、感動的に仕立てたり、メディアで繰り返されてきた予定調和的な語りでは、見えなかった「過去」や「ものの見方」もある。

戦争を「正しいもの」としてしまった社会や政治のメカニズム、誰かを悪人にして、思考停止するのではなく、どう多角的に解き明かし、現代と照らし合わせるか、わかりやすい話にはならなくても、従来と違う視点が提示されれば、意外性を感じて興味を持つ若い人が出てくると思う」と示唆的な言葉が綴られています。

23

建物疎開の動員学徒の死を検証する

二〇一八年九月

●関千枝子から中山士朗さまへ

酷暑と大雨、台風。二〇一八年の夏は、ひどい夏でした。

モリカケ疑惑も、文書偽造など様々な官庁の悪事も、いい加減なまま。核兵器禁止条約は「無視」され、改憲にはあくなき執念の安倍総理。腹立たしい限りですが、私個人にとっては、新しい「出会い」もあり感激的なこともたくさんありました。

七月一九日、ある都立高校にヒロシマ修学旅行の事前学習に行ってまいりました。原爆のことを話すのに、ヒロシマ修学旅行は最高の場だと思うのですが、一九七〇年代から九〇年代までの最盛期を過ぎ、今、東京の公立高校では、広島修学旅行など壊滅の状況です。私が話に行くのは私立の中、高校、それも女子校ばかりです。都立高校（それもなかなかの進学校）のお招きにはまず「感激」。「ヒロシマ修学旅行」は久しぶりです、などと言われるので、戦争のことなどあまり知らないのでは、など緊張したのですが、静粛に、よく話を聞いてくれ、質問も核兵器禁止条約への政府の態度など大変鋭く、感心しました。

担当の先生に伺うと、広島は久し振りだが、沖縄にはずっと行っていたし、去年は長崎だったといわれています。事情を聞くと、最近、東京都の教育委員会は、修学旅行の費用の上限を決めていて「うるさい」のだそうです。沖縄だと往復飛行機なので費用の面で駄目。長崎は、行きは飛行機を使えるが、帰りは列車になり、時間的に今時の高校生は退屈する、費用の面でも問題のない広島にした、ということでした。そんなこともあるのですね。

この修学旅行の責任者は社会科の先生で、きちんと歴史を教えておられるようです。東京都の教育委員会は石原都政のころからめちゃめちゃで、私など、もう公立校はだめとあきらめていたのですが、こうした平和教育をやっておられるところもあるのでうれしかったです。

八月三日から広島入りしましたが、早朝出発、昼ごろ広島着、ホテルで、広島大学の客員研究員の楊小平さん（中国人）と待ち合わせ、楊さんの車で広島をまわる大変忙しい日でした。私の若い友人・堀池美帆さんも、同行しました。堀池さんは往復書簡でも紹介しましたが、彼女が高校一年生のとき、広島で出会い、原爆に興味を持っている近頃珍しい女子学生ということで友人となりました。彼女も来年は就職です。八・六のヒロシマ旅行もこれが最後になるかもしれません。今回の広島はなるべく私と一緒にいたいというので楊さんに了解してもらい、三人の「旅」になったのです。

そこで、楊さんですが、この人に会えたのは、驚きでした。彼は四川省成都の出身で、広島大学に留学一二年目だそうですが、日本語はほとんど完璧です。

楊さんには、七月に上京された時一度会っています。彼は、もともと文化人類学が専攻で、中国にいたころは原爆についてあまり知らなかったそうです。たまたま広島大学に留学したことで、原爆について多くを知り、今は資料館のボランティアにもなっています。もちろん中国人のボランティアは彼が初めてでしょう。しかし、広島の人の原爆に対する激しい怒り、廃絶への念願に反して、あの戦争に対する日本人の加害の意識の薄さ、殊に中国への侵略戦争を忘れている人もいる状況に、楊さんは、違和感をもっていたところ、私の作品を読み、ぜひ私に会いたいと言ってきたのです。広島の少年少女たちの靖国の合祀のことなど、問題にしたのは私しかいませんから。

また、彼は「外国人被爆者」について関心を抱いていて、中山さんの『天の羊』もきちんと読んでおられました。そして中国人留学生の被爆についても詳細なレポートを書いています。私は、朝鮮半島出身者、アメリカ人捕虜、ドイツ人（キリスト教関係、神父）そして南方特別留学生のことは知っていましたが、中国人のことは考えもしませんでした。台湾や旧満州から来た学生が、南方特別留学生と同じで、東京が空襲で危ないので、広島に来させられるのですね。広島に高等師範、文理大があったことが留学生の広島行きになったようです。

現場で話すのが一番、ということで、まず、原爆ドームのすぐ南の「動員学徒慰霊碑」に行き、その傍で話しました。この碑を建てた広島県動員学徒等犠牲者の会の人たちの原爆を廃絶したい気持ちは人一倍です。それが自分の子どもの死のことになると、「お国のため」に作業して死んだのだから、「国に殉じた」のであり、靖国神社に合祀されてありがたい、となる。何十年経っても子どもの死は悲しい、忘れられないと涙する人たちが、靖国神社に詣でると「神々しかったよ」と陶酔する。一瞬、悲しさがありがたいことに変るのです。靖国神社がどんな役割を果たしたか、そんなことを考えたこともないでしょう。

この「信仰」はどこから来るのか。このことについて長い時間話し込みました。そのあと、どこへ行くかいろいろプランがあったのですが、宇品、千田公園（彼は千田さんの銅像を見て彼に興味を持ったようです）に行くことにしました。

宇品港のあたりは停留所の場所も変わり、昔、父の会社のあったところなどもどこかよくわかりません。ただ、暁部隊のあったところ、凱旋館のあったところは、見当がつきました。

今、広島の人は、宇品港に暁部隊（船舶運輸の部隊）があったことを知っている人も、宇品港が陸軍の港であったこと。陸軍の港はここと大阪の築港だけ（宇品の方が古い。日清戦争以来だから）という重要な場所だったことなど全く知りません。しかし、ここは、戦前、兵隊を朝鮮や中国に送り出す港であり、死んだ兵の遺骨が返ってくる港でした。

私は、中山さんに教わった山頭火の宇品港を詠んだ句「いさましくも　かなしくも　白い函」を披露しました。

　楊さんも堀池さんも白い函の意味がすぐ分かって憮然としていました。

　それから御幸通りを北上するのですが、御幸通りがどこか、わかりません。多分この通りだと見当をつけ進みました。その道は、間違いなく御幸通りだったのですが、きれいなしゃれた家ばかりで見違えるようでした。宇品最北部に近いところ、通りの右手に千田公園があります。楊さんは前にこの公園と千田貞暁《せんださだあき》の大きな銅像を見て何だろうと思ったらしいです。私も久しぶりに千田像を見て記憶より大きくて立派なのに改めて驚きました。

　千田貞暁（男爵）は明治期の知事、宇品の埋め立てを考えました。当時としては超巨大な事業で、千田さんは私財を投げ出して埋め立てをしたと言います。そうして完成した宇品、そこへ日清戦争が起こる。朝鮮半島に大量の兵隊を送らなければなりません。宇品は陸軍の港となり、明治天皇は行幸して兵を鼓舞し、広島に大本営が造られ、広島は「軍都」になったのです。

　千田貞暁はローカルな有名人で、広島以外の人は、名前を聞いたこともないかもしれません。しかし広島の人は宇品を作り広島を発展させた千田さんのことを絶対に忘れませんでした。あの戦争中、あらゆる銅像や金属がお国のために献納させられた時、広島の人は千田さんの銅像だけは、守り抜いたのです。千田さんが造った宇品、それが陸軍の港になった、それがいいことだったかどうか。多分千田さんは瀬戸内海交通の要の港としての宇品を考えていたと思います。陸軍の港になるとは思っていなかったかもしれませんね。

そのあと、私が住んでいた家のあとが近いので回りました。これも想定外のできごとですが、私の家のあったところは、今老人施設になり沼田鈴子さんが最期まで暮らしたことで有名です。

全日空ホテルまで取って返し、朝日新聞の宮崎園子さんに会いました。私も宮崎さんにお願いしたいことがあったのですが、宮崎さんも私と堀池さんと二人一緒の写真を撮りたかったのですって。堀池さんは明日（四日）、坂町の大雨被害地にボランティアに行くことになっています。宮崎さんに坂町の慰霊碑の所在地を聞くといいと思ったのです。

私が宮崎さんに頼みたかったのは、朝日新聞が出しているタブロイド型の原爆のことを説明する新聞「知る原爆」、あちこちで原爆の学習に使われていますが、それに広島市の建物疎開作業のことが全く書かれていません。あの作業がなければ、学徒だけで六千、大人の「義勇隊」や、身内を探して広島に入った二次被爆者を足すと優に一万人の死者が減っていると思うのに、建物疎開作業のことが一言も書いてないのはどうしたことか。広島市はどうもこの建物疎開作業のことをあまり言いたくないのではないか、それに同調するように新聞までが、警戒警報が解除されて日常が戻ったと書いているのはおかしい。「一万人以上の人間が市の中心地の露天で作業しているのが日常と言えないでしょう」と言いました。私はどうしてもあの「作業」に拘らざるを得ないので、宮崎さんの前任者に頼み、彼も訂正すると言っていたのですが、直っていないので改めて宮崎さんにお願いしたわけです。

四日は、資料館と市立図書館などに行きました。資料館は本館の改修が遅れていて、まだ東館しか見られないので主に地下の展示室を観ました。一室で被爆体験を「伝承者」が語っていましたが、写真や被爆者の絵などを映像で見せながら語るのに少し違和感を感じました。

この「伝承者」というのは広島の新しい試みらしく、個々の被爆者の伝承をする、まず「論文（感想文？）」を書き、その被爆者が承諾（合格点？）を出せば伝承者と認められ、その被爆者の体験を語ることができる。その被爆者が亡くなってもその体験を永久に語り継ぐことができるというわけです。なお、これには広島市のある課も関わって、伝承者を増やすことを試みているらしいのですが、なんとなく私はこうした方法に抵抗を感じるのです。いかに勉強をしても、本人と同じ思いで語れるかしら、との思いがあります。今まですでに行われている手記の朗読などの方が自然でいいのではないかという気もするのですが……。

この伝承者のこと、次の日もいろいろな方と話し合う機会があったのですが、私と同じ違和感を持っておられる方も多かったです。

五日、朝から「建物疎開作業で亡くなった動員学徒の碑巡り」です。この碑巡りフィールドワークも広島ＹＷＣＡの主催事業になってから五回目になります。暑いときに参加者を歩かせるのですから、私が楽をしてはいけないと、少し辛くても自分も歩くことに意味があると思っていたのですが、昨年、私の歩くのが遅いので、参加者の「若い」皆さまはかえって疲れてしまい、予定の時間より遅れて主催者は困ったらしく、慰霊碑から慰霊碑まで私は車で移動するように、と言われてしまいました。今年はとりわけ酷暑で立っているだけでも暑いのですが、車で移動すると、まあ、楽なこと。用意してきた「水」もほとんど飲まずに案内出来ました。

皆さんには「慰霊碑もない学校、死者の数も名前もわからない人がいる（国民学校の高等科に多い、朝鮮半島出身者が多いと推察される）、その人たちのことも偲んで歩いてください、と訴えました。

午後、主催者の方々と昼食、懇談しました。懇談にはYWCAでフィールドワークの責任者でもある難波さんの経営している本屋さんの部屋を使わせていただきました。涼しくて大助かり。フィールドワークの間、あまり汗もかかず水も飲まなかったのに、飲みだすといくらでも水が欲しくなったのはやはり脱水症状だったようです。夕方になったら急に疲れて、行こうと思った会は失礼してホテルでお休み。堀池さんは、NHKの出山さんが作った映像を見る会に行きました。

六日朝、例年通り、私の学校の追悼の会に参ります。昔の雑魚場、国泰寺中学の南に、この地の町内会の持つ荒神様の境内があり、ここに山中高女と第二県女の慰霊碑があります。第二県女の同窓会は解散（何しろ一番若い同窓生でも八十四歳ですから、もう動けない）なので、追悼会は町内会と山中の継承校になる広島大学福山分校付属中学校の主催です。今年は、少々ショックでした。参加者が少ないのです。会場にテントを張り椅子を並べるのですが、今年は空席が目立ちました。かつてないことで、「歳月」を感じました。

今年、「追悼の式」が終わった後私は一言しゃべらせてもらいました。これには実はいきさつがあり、去年も私は、碑の歴史と町内会に感謝の言葉を述べたいと申し出たのですが、式の実行委員の福山中学の先生に、町内会と打ち合わせをして式次第を決めているので時間もない。雑魚場の被災の状況は僕らも勉強して知っているなどと言われるので、「ではこのあたりに何校の（どの学校の）生徒がいたかわかりますか」と聞くと、沈黙。でも絶対に飛び入りの発言を認めようとしないので、去年はそのまま引き下がり、今年あらかじめ福山分校付属中学に申し入れ、話していいということになったのです。

式の後「迷惑」にならぬようなるべく短く話しました。

この碑は昭和二八年、当時の町内会長荒谷輝雄さんが、多くの学徒が死んだこの地に碑を建てたらと思い、各校に話を持ち掛けられた。しかし多くの学校（一中、修道。女学院、山陽など）は自校内に建てる（すでに建ててある）と言い、結局母校を学制改革で失った山中と第二県女の二校が建てることになった。荒谷さんの申し出がなかったら母校を失った二校は碑を建てるなど思いもつかぬことであった。当時復興期に入った広島で、このあたりは市の中心に近い高級地、そこに慰霊碑を建てることに反対もあったらしいが、荒谷さんの力で慰霊碑が実現した。荒谷夫人は山中の卒業生で、夫妻で碑の建設に熱心だった。

――ここで私は、少し声を張り上げ福山中学の生徒たちに言いました。

そこの折り鶴の置き場を見てください、プラスティックの大きな布で覆ってあるでしょう？　こんな覆いのある折り鶴の置き場を見たことありますか。ちょっと屋根のようなものがある所はありますが、こんな覆いのある置き場はみたことがないと思います。

一九七〇年代後半から八〇年代、ヒロシマ修学旅行の全盛期、ここは大人気の慰霊碑でした。折り鶴もたくさん集まります。荒谷さんは雨が降ると折り鶴を毎日ご自宅まで持っていかれる。せっかく皆様の善意の鶴を濡らしては申し訳ないと言われるのです。しかし折り鶴はどんどん増え、運ぶのも大変。そこで荒谷さんは覆いを作らせたのです。今広島は千羽鶴が増えすぎリサイクルしていますが、この雑魚場の折り鶴は七〇年代の折り鶴が色もあせずに見られます。

高校生たちが私の話をどう受け止めてくれたかわかりません。私は、碑が今そこにあるのは、当たり前のように思っているかもしれないが、碑づくりにあたった人びとの「思い」と苦労、そんな歴史があったことを言いたかったのです。

町内会の方はとても喜んでくださいました。第二県女の同窓会は解散のとき残ったお金を町内会に寄付し、永代供養を頼んだのですが、このあたりの町内会は住民も減り、福山中学の力はあっても、当日の準備や維持費の問題その他、町内会の苦労は大変だと思います。私が感謝の気持ちを申し上げますと、「頑張りますから」といってくださいました。

この後、私、堀池さん、森沢紘三さん、藤井幸江さんとお茶を飲み、それから藤井さんの車で平和公園の供養塔まで送っていただきました。これは変なメンバーです、恐らくこの日以外考えられない組み合わせというか。藤井さんは二年西組でただ一人奇跡の生き残りの坂本（平田）節子さんが、段原中学で最初の担任をしたときの教え子、資料館のボランティア。今だに節子さんを慕い、彼女がいかに良い先生だったか物語ってくれる方です。森沢さんは亡くなった級友森沢妙子さんの弟さん、彼等のお父さん森沢雄三さんは豪快な地方政治家で県議として、また広島市の助役として浜井信三市長を助けて平和都市ヒロシマの復興に尽くした人。しかし、大柄で豪快だった森沢さんと、小柄で生真面目一本やりの節子さんとあまり親しくなかったと思っています。不思議な取り合わせと思いました。

堀池さんは呉線沿線坂の大雨被災地のボランティアに行ってきたばかりですが、暑いので、十分働いたら十分休みで作業を進めた、だから大丈夫ですと元気。呉のボランティアに行くという彼女に坂に行けと進めたのは私。坂、鯛尾、小屋浦では、似島に運ばれたクラスメートが転送されたところです。まさかこんなところまで運ばれたと知らない友人たちの家族は、死に目に会えなかった。歎きの地です。慰霊碑は鉄道の傍で土砂をかぶっていたがとにかく無事で、お参りをしてきたそうです。

供養塔の傍で竹内良男さんと会いました。森沢さんはお父さんが供養塔の建設に力を尽くしたことから（注）、必ず待ち合わせの場に供養塔を指定します。竹内さんは女子学院の先生のMさんといっしょです。この大勢に森沢さんは昼飯をごちそうすると言います。初対面の堀池さんたちは遠慮するのですが森沢さんは聞きません、お父さんに似て豪快な森沢さんは言い出したら聞きません。流川の小料理店で頂いた瀬戸内の魚料理、おいしかったです。

竹内さんは、前にも度々申しましたが、ヒロシマ修学旅行から、広島に深い関心を持ち関わり続け、私より広島のことに詳しいと思う方です。広島のフィールドワークはたびたび試み、今年は九日に草津を歩くそうです、森沢さんが原爆の当時住んでおられたのは草津。何だか、いろいろ縁が続き不思議なことです。

八・六の広島はタクシーをつかまえるのも大変ですが、お店で苦心してくださり「ひとまちプラザ」に直行。私の講演会「書き、語り、怒りをもちつづけること」があります。

これも不思議なことで、ある日、竹内さんから電話があり、村上俊文さんに紹介されたのが事のはじまりです。そして「靖国神社の話を聞きたい」と言われるのに驚きました。建物疎開の少年少女たちの靖国神社合祀の問題を取り上げたのは、私が最初で最後だと思います。靖国神社や護国神社大好きの人が多い広島では、私の問題提起は「無視」されてきました。靖国の話を聞きたいという方は初めてで、うれしかったのですが、この方がどういう方かさっぱりわかりません。竹内さんもよく知らないが伝承者のグループの方らしいと言います。どういう方かよくわからないままメールでやりとりして話を詰めてきました。一時間や一時間半の話ではとても語りつくせないから、できたら私の本を売ってくださいと頼みました。会場では売ることが難しいから予約を取りましょうということになりました。

あまり売れ行きには期待しなかったのですが『広島第二県女二年西組』『ヒロシマの少年少女たち』二〇冊ずつ四〇冊送れというメールがきました。本を売っていただくのはありがたいのですが、こんなに売れるのかしら。「押し売りしなくていいから余ったら返してください」と手紙を付けて送りました。

この日この時刻に、広島でICANの川崎哲さんの講演もあるそうで私の話などに人が来るの！　と心配してくださる方もありました。しかし村上さんは強気で予約がもう四〇人入っていると言われます。とにかく熱心な方です。五日のフィールドワークにも参加され、そのあと

「打合せ」をいたしました。来られる方は伝承者や資料館のボランティアが多いそうで「次世代への継承のあり方」がやはり大テーマになるようで、心して話さなければなりません。

会場に着くと会場にはもう一杯の人、驚いてしまいました。六十人は見えたようです。会はまず映像で被爆者の絵で建物疎開学徒を描いたもの、基町高校の生徒が被爆者から話を聞いて描いた絵で学徒関係のものが紹介され、私はなぜ、私が全滅したわがクラスの話を書こうとしたか。話したくない人も交えて書きたかった。話さない人の悲しみも書きたかった。私だけの経験でなくひとクラス全部を書くことで、全体を描きたい、とりわけなぜあの少年少女たちが「小さな兵隊」として動員され、しかも「戦神《いくさがみ》」として靖国神社に合祀されたか。それを多くの遺族たちが喜んでいることへのこだわりを話しました。

村上さんも靖国問題についていろいろ質問してくださいました。最後に私が言ったことは、「もしあの時私が欠席せず、作業に言っていたら間違いなく死んでおり、靖国の神になっている」、「たぶん私が今靖国にいたら、いやだ、私はここにいたくないと思っているだろうから」と言いました。靖国のことを皆さまはどう思われたか、でもその中で広島の護国神社が少年少女たちを神として祀っていることをたたえ、靖国と護国神社は違うと言っていた方が、帰りに私のところに来られ、「もっと靖国や護国神社のことを勉強します」と言ってくださいました。

伝承は大事ですが、ただの伝承ではなく、日本が犯してきた加害の歴史、それを踏まえての

「核兵器廃絶、そして絶対の平和を願う」のだという私の気持ちをわかってくだされば うれしいのですが……。

この夜は早くホテルに帰りました。ホテルには平和式典での広島市長の宣言が号外に刷られておいてありました。一応核廃絶平和を訴えながら、遠慮にみちた宣言、いつもながら腹立たしいです。九日の長崎田上市長の見事な宣言を読み、さらにこの思いを強めました。

（注）広島市内の引き取り手のない遺骨を集めた供養塔は、一九五五年、現在の形に整備されるが、この費用は、一九五〇年、広島市の助役を退職した森沢雄三氏が退職金四〇万円を寄付して完成された。

24

反戦への思いをこめた人たちの営み

二〇一八年一〇月

●関千枝子から中山士朗様へ

広島から帰って、地区（品川区）の平和展に顔を出しました。ここは私より年上の女性が頑張って世話役をやっておられるのでどうしても行かなければ、と思ってしまいます。大井町駅から近くとても便利な場所ですが、とにかくスペースが小さい。そうした制約がありながら三十五年続いているのは立派だと思いますが、思いなしか来場者が少ないように思え心配でした。品川特有の戦争の記憶もあり、空襲で焼けたところも多い。また、学童疎開に行った八王子郊外の、静かな〝田舎〟で、機銃掃射で学童が殺されたのです。子どもを安全なところで守ろうと学童疎開にやったのに。悲しんだお母さんは近くのお寺の地蔵さんに死んだ子のランドセルをかけてやります。この話は絵本にもなり有名ですが、私は昨年八王子の戦争遺跡のフィールドワークに行き、ランドセル地蔵が大事に保管されているのを見て感銘を受けました。でも、学童疎開と言ってもぴんと来ない人が多いので、展示場の小さな説明で分かるかしら。

（追記）この平和展のこと昨年九月二〇日に報告の葉書が来て、三日間で四〇〇人の来館者があり、中高生も来て大成功とありました。四〇〇人で大成功かとやや複雑な思いです。

一一日、この日の午後北杜市の八ヶ岳やまびこホールで行われる「Peace Concert 2018」を見に行くために、朝始発のバスで、品川駅へ、新宿駅八時二分の中央線あずさ53号で小淵沢に向かいました。

これは行くまでが大騒ぎだったのです。今年二月一一日、山梨の劇団やまなみが『広島第二県女二年西組』の朗読劇を甲府で演じてくださったことは前に書きましたが、その時北杜市に住む早川与志子さんと久しぶりに会いました。

六月頃、コンサートのチラシをいただいたのですが、「コンサート会場は駅から遠いし、体力がいるから無理しないで！」というのです。そうなるとかえって行きたくなって、思いついて池松俊雄さんに電話してみたのです。池松さん、もと日本テレビの名ドキュメンタリストです。一九六〇年代、私は毎日新聞の記者として彼を何度も取材しました。彼がそのころから手掛けているサリドマイド児のドキュメント「貴くんの４７４５日」が国際エミー賞を受賞したのは一九七五年。

「女性ニューズ」記者として私が再び彼と会ったのは一九九〇年代、そのころ彼はイベントなどを所轄する局の局長でしたが、彼が「話が合いそう」と紹介してくれたのが早川さん。彼女はアメリカの留学から帰って来たばかりで、元の報道でなく、展覧会などの仕事をしたいということでした。そして彼女は素晴らしい展覧会をいくつも企画し、私は大いに書きました。

池松さんに電話をすると、彼もコンサートに行く予定で、北杜市に親類がいて駅まで迎えに来てもらう、一緒に行こうと言ってくれました。八時半ごろのあずさに乗ることを決め安心していたのですが、七月に入って池松さんから電話が来て、八月一一日のあずさは超満員、臨時の八時二分発のあずさ53号の切符がやっと取れた、あなたも早く切符を買え、というのです。慌てて駅のみどりの窓口で切符購入、携帯電話で「買えた！」と報告。この翌日に切符を買ったやはり日本テレビ関係の方は、あずさ53号最後の指定席券だったそうで、危ないところで、めでたく北杜行が成功したわけです。その日で帰ることも可能ですが私の体力が心配と、早川さんはペンションをとってくださいました。北杜市のホテルやペンションも、八月一一日ごろは超満員だそうで、潜り込めたのは、早川さんの「顔」です。

というわけで早朝に家を出、新宿駅に駆け付けたわけですが、指定席に座っていると三つ向こうの車両から池松さんが様子を見に来ました。「互いにジジイ、ババアになったなあ」。年賀状などのやりとりはあっても会うのは、二十数年ぶり、ですから。

彼、足が痛いと言っているという話を聞いたことがあったのですが、「もう治っちゃった」

そうで、元気です。私も同じ八十六歳、頑張らなくちゃあ。でも、私が一生懸命取材した頃の日本テレビの人びと、ほとんどみな、亡くなっています。でも、あの頃はテレビ草創期、考え方は色々違っていても、とにかく皆、テレビ大好き。新しいメディアをどう創るか、皆一生懸命で局には熱気がみなぎっていました。だから、私もあの頃の取材先の人びとを忘れられないのです。

二時間で小淵沢着。池松ご夫妻と私と三人で、池松夫人の妹さんとそのお連れ合いの車に乗せていただき、山々を観ながら、評判の手打ちのソバのお店に。十一時開店なのですが、まだ店が開かないのに、もう待っている車が二台。あっという間に満席、人気にたがわずおいしいお蕎麦でした。開場までまだ時間があると池松さんの義理の弟さんのお宅にお邪魔、すっかりお世話になってしまいました。

会場のやまびこホール、少し早目に行ったのですが、あっという間に満員、補助席も出して五〇〇人以上の入りだそうです。北杜市は人口四万数千人の市、すごいと思いました。

コンサートは、「原爆許すまじ」の独唱で始まりました。ステージに「原爆の図」の映像が流れます。

第一部は「戦争と子どもたちの物語」。佐々木禎子さんの甥の佐々木祐滋さんの歌で「ＩＮＯＲＩ」。続いて「一本の鉛筆」。このコンサート、独唱が多いのですが、歌は杉田博子さん、すがすがしい歌声です。ことに、この「一本の鉛筆」、誰もが美空ひばりの歌を思い出しますが、早川さんが「演歌調でなく」と厳しく注文をつけたそうです。杉田さんも苦労したらしいですが、ひばりさんのとはまた違った、凛とした歌唱に胸打たれました。

映像は、ベトナム戦争へと移っていきます。ナパーム弾に焼け焦げた少女が逃げる！　石川文洋さんや有名な写真作家の映像が流れます。あとで聞いたところによると文洋さんも中村梧郎さんも、早川さんの頼みに無料で写真を使わせてくださったのだそうです。

第二部「平和と命の歌」と進みますが、ナレーションが簡潔なのに心打つのです。スペインカタルーニャの民謡「鳥の歌」、バイオリン独奏で、聞かせましたが、戦中反ファシズムを貫いたカザルスが国連でこの歌を演奏した時「わが故郷の鳥はピースピースと啼くのです」と説明します。心に刺さるような語りです。この語り（司会）は井田由美さん、現役の日本テレビアナで、女性アナのトップです。私は「プロ」の語りの凄さを知りました。

最後は沖縄になります。締めは、「さとうきび畑」。よく知られた曲ですが、全曲を聞くのはそう多くありません。まさに圧巻でした。

最後に早川さんの挨拶もすごかった。ナパーム弾の中を逃げ回るベトナムの少女は、後カナダで暮らしますが、早川さんの友人だそうです。彼女が日本に来た時、まず広島を観たいと言い、早川さんが案内したのだそうです。涙を浮かべて資料館の展示を見ていた彼女は「自分はナパームなのでまだ命は助かったが、原爆だったら死んでいたかもしれない」と、戦争は嫌だという思いを語ったと言います。

早川さんの平和への思い、彼女がテレビ人として、またフリーのジャーナリストとして生きてきたことが凝縮されている三時間だと思いました。

終わってロビーに出ても、参加者はなかなか帰らず、ロビーにも熱が立ち込めているようです。こんなに感動したコンサートは久し振りでした。

この日の夜と次の日の昼、スタッフや池松さん関係の方、早川さんと食事を共にしましたが、早川さんがこのコンサートのためにつぎ込んだ熱と力が判りました。自分はコンサートのプロデュースをしたことがないからと日本テレビの後輩、現役の人たちに頼み、選曲、演出をしてもらったこと、演出をしたKさんが、この司会は井田さんしかできる人はいないと井田さんを引っ張り出したこと。井田さんは日本テレビにきちんと申請して出演したそうです。日本テレビ関係の方は、池松さんが管理職時代の部下だった方が多く、彼が皆に慕われる良き管理職だったこともわかり、さわやかな気持ちになりました。

コンサートの日の夜も、早川さんのところには「良かった。平和のために自分も何かできる、しなければと思った」「来年もう一度やれ」という電話がかかりぱなしだったそうで「来年もう一度やったら私死んじゃうよ」と少しかすれた声で言いながら、嬉しそうでした。私も本当に、来て良かったと思いました。

八月一八日、大田区の「平和のための戦争資料展」に参りました。大田区は大きな区民プラザという会館を持っていて多摩川線の下丸子の駅の真ん前にあります。展示場も品川の三倍くらい広く、別室もあって、この日、私の「似島《にのしま》」の朗読があるので行きました。展示場が広いので詳しく充実した内容です。満蒙開拓や慰安婦の問題等、幅広く詳しい展示がありました。満蒙開拓団について、東京から行った（行かされた）人の多さに驚いていますが、最初の満州開拓に行かされたのが東京、しかも多摩川河畔に満蒙開拓団女子訓練所があったのだそうです。まさに、大田区の地元。

戦争中の遺品（代用品など）も数多いのですが、大田区はこの実行委員会が置き場を借りて保存しておられるとのことです。大田区はすごいな、よくやるな、と思いました。

さて、朗読ですが、山口勇子さんの「おこり地蔵」と私の「似島」を長澤幸江さんが演じてくださいました。長澤さんは、大田区在住で、朗読の活動をされている方です。この日までに、長い「苦心談」があります。

元もとこれは竹内さんのフィールドワークで似島に行ったとき思いつき、似島にまつわる様々なエピソード（最後を飾るのが、中山さんの文章です。池田昭夫くんのお母様と似島に行かれるときの話ですが）。広島原爆で最大の収容所となった似島。でも広島の方でも似島を知らない人が多い今、似島のことを少し知ってほしいと、五年前に書いたものです。でも、その時は朗読に使ってもらえなかったのですが、二年前、長澤さんにお目にかかったとき、お見せしたら、大変気に入ってくださったのです。しかし、朗読実現まで二年がかりでした。男性の朗読者と組んで、熱演でしたが、私は申し訳ないような感じになってしまいました、というのは朗読の文章の問題で、いろいろな手記の組み合わせで構成したのですが、ダブる個所もあり、全体にもう少し簡潔にした方が共感をそそるかと思いました。自分の能力不足を反省しました。北杜市のコンサートの司会の言葉のすばらしさを感じた後だけに、忸怩たる思いです。でも終わったあと何人かの方と、似島のことなどについて話しました。長澤さんは、「往復書簡」も読んでくださって、中山さんの思いもよく理解してくださいました。

長澤さんもすごい方です。六月の沖縄の日、式典で読まれた沖縄の中学生の素晴らしい詩を覚えておられますか。あの全文が墨書で書かれて会場にかざられているのです。「私が書きました」と長澤さん。これ難しいと思いますよ。何しろ詩が長い、一か所でも失敗すると全部だめになってしまいます。「一気に書きました」と。「詩」も、もちろん素晴らしいけれど、「書」も思いが溢れていました。

朗読と言えば前にお話ししたことのある、茅ヶ崎の宇都さん。がんのため十数年続けている原爆詩、手記の朗読会を昨年開くことができませんでした。今年は、と思っていたのですが、今年も開けず、心配していたのですが、茅ヶ崎の社会教育を考える会の機関誌「息吹き」に、じっとしておられず八月、孫を連れて広島（似島にも）行ったことが書かれていました。すごい。さっそく手紙を出してみましたら、抗がん剤で体力もいまいちでしたが、たまらず孫を連れて広島に行き、元気で帰って来た。抗がん剤治療も近く終わるので、体調は回復すると思う。来年は、朗読会を必ず復活すると書いてありました！

（付記）宇都純子さんは一二月に「復調公演」をなさいました。佐伯敏子さんの手記の一時半にわたる朗読を、会場を埋めた人たちは粛然と聴き入りました。

25 「あとがき」にかえて――過ぎ去った時間を慈しみながら

二〇一八年一一月

●中山士朗から関千枝子さまへ

私たちの『ヒロシマ往復書簡』から始まった『対話随想』も、関さんから最後の稿が送られてきて、最終回となりました。掲載の順番によって、私がなんとなく「あとがき」を書くことになりましたが荷の重さを考えております。

このたびの関さんの手紙を読みながら、前回の手紙に引用しました立命館大学の福間良明教授の言葉を思い出しました。示唆的な言葉が実感として伝わってくる、それぞれの内容でした。冒頭にありました近年の高校生の修学旅行においては、これまでの広島や長崎の甚大な原爆被害を後世に伝える建物や資料館、沖縄戦の惨劇を伝える戦跡や祈念資料館などの歴訪が、予算を理由に削られ、また「悲しみの記憶」からマイルドな方向の旅へと変えられようとする現実を関さんは指摘されました。

手紙には、広島大学の文化人類学が専門の楊小平さんが、広島大学に留学したこと、原爆という凶悪な兵器のことを深く知り、今は資料館のボランティア活動をしていますが、広島の人の原爆に対する激しい怒り、廃絶への念願に反して、あの戦争に対する加害の認識の薄さ、特に中国への侵略戦争を忘れた人もいる現実の問題を感じている楊さんの内面。そのことが関さんの靖国問題に繋がっていく過程。ひいては「動員学徒慰霊碑」と靖国神社の思いについての考察。朝日新聞の、原爆のことを説明した新聞に、広島市の建物疎開のことが全く書かれていないことから、記録の正確な継承を指摘。

学制改革で母校を失った山中高女と第二県女に被災地での碑を建てることを進言し、以後、その慰霊碑と折り鶴を収めたケースは町内の人びとによって大切に守られ、追悼式が行われてきた話。

八月一一日、北杜市のやまびこホールで行われた「Peace Concert 2018」での、早川与志子さんの平和への思い、テレビ人として、またフリーのジャーナリストとして生きてきたことが凝縮された三時間の内容が、感動的に伝わってくる話。

八月一八日、大田区区民プラザで開かれた「平和のための戦争資料展」における、関さんが構成された「似島」を長澤幸江さんが朗読されたこと、また、彼女は、六月の「沖縄の日」の式典で女子中学生が読んだ素晴らしい詩（私も鮮明に記憶しています）を墨書されているという感動的な話が書き連ねてありました。

長文になってしまったことを気にしておられますが、これでもまだ足りなかったのではないかと推察しております。読み終えて、関さんの生命を燃やし尽くすような行動力、それにともなう人々との交流の濃さに感嘆しております。外出もままならず、ひたすら読み、書いているわが身が思われてなりません。

けれども、お手紙の中で拙著『天の羊』に出てきます南方特別留学生、原爆供養塔などの話が出てきますと、日本各地を取材して回ったころの元気さがよみがえって参ります。

『天の羊』は、副題が「被爆死した南方特別留学生」となっていて、昭和五七年五月一五日に三交社から出版されたものです。帯には、次のような解説が添えられていました。

それら歴史的事実の中には、大勢の人間の苦悩、悲しみ、死がこめられているはずであった。……かつてこの場所に、東南アジアからの留学生たちが、大東亜共栄圏、八紘を一宇とする肇国の大精神という、他国の戦争遂行の理念に従わされ、飢えに耐えながら勉学したのも、すでに人々から忘れ去られていた。

この大東亜省招致による南方留学生は、昭和一八年に日本の占領下にあった南方諸地域から一〇〇名、昭和一九年には一〇一名が来日しましたが、そのうち、広島に原爆が投下された時、広島文理科大学の留学生のうち二名が被爆死したのでした。その二人の死を追って書いたのが

『天の羊』でした。
そしてお手紙の中でとりわけ強い記憶となったのは、人と会う時に原爆供養塔の前を待ち合わせの場所に選んだ森沢さんの話でした。実は、私は森沢さんの父・森沢雄三さんが建設に力を尽くされた供養塔の内部を訪れ、無名の死者の霊位に合掌させてもらったことがあるのです。この時の話が『天の羊』の中に詳しく書かれていたことに、私自身その偶然性に驚いています。余分なことだと思いますが、文中から抜粋してみました。

昭和四六年二月に、私は広島に行ったが、当時、広島平和記念資料館長であった小倉馨氏の紹介で、広島市役所年金援護課の高杉豊氏に会い、供養塔の地下安置室の内部を見せてもらったことがある。／供養塔は、公園の北外れにあった。以前は、土饅頭の上に『広島市原爆死没者諸霊位供養塔』と書かれた木碑が一本立っていただけのように記憶していたが、今見ると、美しく芝生が張られた直径一〇メートルほどの円墳の頂きに五輪の塔が置かれ、正面入り口の左右には石灯篭が据えられている。その手前の祭壇の前に立つと、背景の緑が目にしみる。／私たちは供養塔の裏側に回った。すると、中央の一部分が鋭く切り取られていた。そこから、内部に通ずるコンクリートの階段が下に伸びていた。人ひとりがやっと通れるほどの階段をもった通路と、白く塗られた鋼製の扉が正面にあった。扉のところには、

「安置所」と書かれた表示板が取り付けられていた。

扉が開かれると、高杉氏は入口の左側の壁に沿って手を動かし、点灯のスイッチを探した。明かりが点って安置室に入って行くと、まず最初に私の眼に映ったのは、祭壇と、その中央に置かれた高さ一メートルほどの多宝塔であった。高杉氏が最初に合掌し、その後で私も祭壇に向かって手を合わせた。／なんという静けさであろう。私は安置室の内部に視線を移しながら、次第に言葉を喪失していった。／正直なところ、安置室というより、遺骨を収納した、すこぶる近代的な倉庫と言った感じが強かった。／三方の壁に沿って設けられた、床から天井まで届く高さの鋼鉄製の棚には大小の木箱が隙間もなく積まれていた。左手の棚には、一合枡に木の蓋を取り付けたような四角い箱が整然と並べられていたが、これには氏名を書いた紙が貼りつけられている。そして、正面と右手の棚には、縦一メートル、幅三十センチメートル、深さ八十センチメートルほどの木箱が並べられ、はみ出した木箱は、その棚の前の床に直かに積み重ねられていた。／わたしは高杉氏に断って、左手の棚の中から一合枡に似た木箱を取り出し、掌の上に載せてみたが、私が想像していたよりはるかに軽い物体であった。／この個別の名前があるのは、各町内会長が預かっていたものを移送したもので、その数は、約二千柱におよんでいた。／大きな箱の一部には、「進徳高女」とか、「己斐小学校」などと学校名を記載した紙が貼られていたが、これらはその学校の校庭で荼毘に付された人たちの遺骨であった。／高杉氏はすぐ近くにあった床の上の木箱の蓋を開き、その内部を見せてくれた。蓋の表面には「住所氏名なし」と書かれた札が貼られていた。／「あの時大勢の人が似島に送られて来ましたからね。そこで亡くなられた方で、しかも、名前が分からないといった人たちのお骨なんです」と高杉氏は言った。／内部を覗くと、骨片というより、むしろ骨粉と言った方がはるかに適切な、焼け砕けた遺骨がびっしりと詰まっていた。／こうした箱の数は、約八十もあり、十二万から十三万人の遺骨と推量されている。／安置室の中は静まりかえっていた。／乾燥空気を送り出すかすかな機械音が耳の底で振動していたが、やがてその振動が安置室の中の全ての遺骨から伝播する振動と共鳴し、室内全体が死者の声で満たされていくのを感じた。箱の中の骨片がいっせいに空間を漂いはじめ、組み合わされ、死者の言葉となって私を包み始めた。／「人間のものとは思えません。哀れなもんです。」と高杉氏は最後にしみじみと語った。／

このたびの関さんの手紙を読みながら、過ぎ去った時間を慈しみながら思い、返事をしたためました。ひっきょう関さんも私も「生かされた生命」を生きて来たのだと改めて思います。そして、このことが平成一二年から始めた『ヒロシマ往復書簡』（第Ⅰ～Ⅲ集）から『対話随想』として完結をみたものと私は信じています。原爆について語られることが少なくなった現在ですが、私たちが成し遂げた仕事は、被爆者が生きた記録と記憶として必ず継承され、後世の人に読み伝えられていくものと信じております。

関千枝子（せき ちえこ）。1932年、大阪市生まれ。
早稲田大学文学部ロシア文学科卒業。毎日新聞入社。社会部、学芸部記者を経て、1980年から全国婦人新聞（女性ニューズ）記者、編集長など歴任。現在フリー。2014年、安倍靖国参拝違憲訴訟原告（筆頭）。東京都在住。
主著：『広島第二県女二年西組―原爆で死んだ級友たち』（ちくま文庫／日本エッセイスト・クラブ賞、日本ジャーナリスト会議奨励賞受賞）『図書館の誕生―ドキュメント日野図書館の二〇年』（日本図書館協会）『この国は恐ろしい国―もう一つの老後』（農文協）『「母」の老後、「子」のこれから』（岩波書店）『ヒロシマの少年少女たち』（彩流社）他。

中山士朗（なかやま しろう）。1930年、広島市生まれ。
早稲田大学文学部ロシア文学科卒業。別府市在住。
主著：『死の影』（南北社、集英社『戦争×文学』第19巻に再録。『消霧燈』（三交社）『宇品桟橋』（三交社）『天の羊』（三交社、日本図書センター『日本原爆記録・13巻』に再録）『原爆亭折ふし』（西田書店／日本エッセイスト・クラブ賞受賞）『私の広島地図』（西田書店）他。

関千枝子 中山士朗
ヒロシマ対話随想 ［2016-2018］

2019年5月10日初版第1刷発行

著　者　関千枝子《せきちえこ》／中山士朗《なかやましろう》

発行者　日高徳迪
装　丁　桂川潤
印　刷　平文社
製　本　高地製本所

発行所　株式会社西田書店
〒101-0051 東京都千代田区神田神保町2-34 山本ビル
Tel 03-3261-4509　Fax 03-3262-4643
http://www.nishida-shoten.co.jp

ISBN978-4-88866-636-7 C0095